Nicola Piesch

Graf Müllratte

Nicola Piesch

Graf Müllratte

MORLANT VERLAG

Ohne meine Schüler/innen hätte ich das Buch nicht geschrieben. Ohne Dorothea Fingerling wäre es nicht gelesen worden und ohne Martina Kowald hätte es an konstruktiver Kritik und mancher Ermutigung gefehlt.
Ihnen allen gilt mein Dank.

Impressum:

Bibliographische Information der Deutschen Bibliothek:
Die Deutsche Bibliothek verzeichnet diese Publikation in der Deutschen Nationalbibliographie; detaillierte bibliographischen Daten sind im Internet über http://dnb.ddb.de abrufbar.

Taunusstr. 29
D - 61184 Karben
E-Mail: info@morlant-verlag.de
Internet: www.morlant-verlag.de

Umschlaggestaltung:
www.muth-art.de, Oliver Muth, Bad Vilbel

ISBN: 978-3-943041-14-9

Inhalt

Mich hat keiner gefragt

„Mensch, ich habe eine Stinkwut auf meine Eltern, ich könnte die echt auf den Mond schießen, weißt du, am besten rein in so ‘ne Rakete, sssst, und dann weg.“ Lene grinste, doch Tom merkte es gar nicht. „Stell dir vor, die wollen so einen Typen aus dem Heim zu uns holen, irgend so einen wildfremden – ach weiß ich denn, was das für ein Kerl ist. Er wird eine Zeit mit uns zusammen verbringen, haben sie gesagt“, äffte Tom die Stimme seiner Mutter nach. „Die mit ihrem blöden Sozialtick. Ich hab keine Lust darauf, dass der zu uns zieht, das ist doch bescheuert. Mann, dann kann ich die ganze Zeit das Kindermädchen spielen.“ Wütend haute Tom mit der Hand gegen die Wand und schaute zu Lene.

Die wollte gerade etwas sagen, doch bevor sie loslegen konnte, polterte Tom schon weiter. „Meine Eltern wollen, dass er erst mal zu mir ins Zimmer einzieht, damit er sich nicht so alleine fühlt, weil er ja niemanden hat. Aber wie ich mich fühle, danach fragt niemand, verstehst du, das ist denen scheißegal. Und was noch schlimmer ist, ich soll nicht nur mein Zimmer mit ihm teilen, nein, sie wollen auch noch, dass er auf dieselbe Schule wie ich geht. Stell dir das mal vor, das ist doch total beknackt. Ich weiß wirklich nicht, wie ich das durchhalten soll. Mit so ´nem Riesenbaby im Schlepptau lacht mich doch jeder aus.“

„Mensch, Tom, jetzt reg dich mal ab. Vielleicht ist er ja gar nicht so doof, wer weiß.“ „Von wegen“, Tom schaute Lene grimmig an, „jetzt fängst du auch noch mit dem Mist an.“ „Ach Quatsch, Tom“, mit angezogenen Knien saß Lene auf dem Bett und zeigte ihm einen Vogel, „aber es bringt doch nichts, wenn du dich die ganze Zeit aufregst und rummeckerst. Es kann doch sein, dass er ... wie heißt er eigentlich? ...“ „Ach, was weiß ich“, Tom zuckte mit den Schultern, ... „dass er gar nicht so übel ist, und außerdem, wenn es wirklich so schlimm wird mit ihm, wie du befürchtest, dann sagen wir ihm schon, wo's langgeht. Irgendwie werden wir das schon machen.“ Lene guckte Tom verschwörerisch an. „Meinst du wirklich – wir?“, fragte er unsicher. „Na klar, meinst du, ich lass dich hängen?“ Lene hielt Tom einen Schokokeks hin.

Lene und Tom kannten sich schon seit dem Kindergarten, seitdem verbrachten sie fast jede freie Minute zusammen. Als sie in die fünfte Klasse der Gesamtschule kamen, wurden sie zuerst deswegen gehänselt, aber sie machten sich nichts daraus, waren wie immer unzertrennlich und wollten unbedingt nebeneinander sitzen, denn es war ihnen egal, was die anderen sagten. Und inzwischen machte niemand mehr irgendwelche Witze, es war einfach klar, dass Lene und Tom zusammengehören, jeder mochte sie und aus der Clique waren sie nicht wegzudenken. Am Wochenende hatten sie mit ihren Freunden im Garten von Lenes Eltern gezeltet. Jeder hatte was mitgebracht und sie hatten die ganze Nacht gequasselt und gespielt.

„Du“, sagte Tom, „ich weiß nicht, ob so ein tolles Wochenende in nächster Zeit noch mal drin ist, ich kann mir nicht vorstellen, dass meine Eltern mich weglassen. Sie faseln die ganze Zeit davon, dass es wichtig ist, diesen Kerl erst einmal kennenzulernen. Du hast kein Recht, haben sie gesagt, ihn abzulehnen, bevor du weißt, wer er ist. So ein Quatsch, als ob man das rausfindet, wenn man wochenlang gezwungenermaßen zusammenhängt. Ich will das einfach nicht. Die Nachtwanderung, die wir letztes Wochenende gemacht haben, wie wir am Fluss gesessen haben, weißt du noch, das war doch einfach klasse, das will ich, ich will mit euch zusammen sein, was erleben. Ich will nicht, dass er zu uns kommt, Lene, alles wird dann anders sein." Am liebsten hätte Tom losgeheult.

„Ach, nur keine Panik, Tom, Eltern kann man irgendwie immer austricksen." Lene bemühte sich, einen aufmunternden Blick aufzusetzen, obwohl auch ihr die Lage ziemlich vertrackt erschien.

Lange noch saßen sie schweigend nebeneinander und knabberten einen riesigen Berg Kekse weg. Tom ließ sich das, was Lene gesagt hatte, noch einmal durch den Kopf gehen.

„Na gut", sagte er plötzlich und stand mit einem Ruck auf, „dann geh ich jetzt wohl mal nach Hause und schau mir den Typ an, sie holen ihn gerade vom Heim ab." Eine Grimasse schneidend, puffte er Lene in die Seite und stolperte aus dem Zimmer.

Tom ließ sich unheimlich viel Zeit mit dem Nachhausekommen. Er studierte die Schaufenster am Weg, fütterte die Enten im Park und zählte die Lastwagen an der Kreuzung. Doch irgendwann stand er mit klammen Beinen vor dem Tor zum Garten. „Mist", sagte er vor sich hin und drückte auf die Klingel. Niemand machte auf. Na super, dachte er, es fängt ja schon gut an, sie warten nicht mal auf mich.

Unentschlossen setzte er sich auf die Treppe und warf die kleinen Steinchen vom Kiesweg in den Gully auf der Straße. Eigentlich hätte er es gut gefunden, wenn ihn seine Eltern vor dem Haus sitzend angetroffen hätten, aber auch das Schmollen wurde ihm langsam langweilig, es bringt eh nichts, überlegte er, und als immer noch keiner kam, kletterte er über das Gartentor.

Dort stand sein Fahrrad an die Hauswand angelehnt, am Morgen hatte er es auseinandergenommen, um die Gangschaltung zu reparieren. Lustlos fing er an, die Teile, die noch überall verstreut herumlagen, aufzusammeln und wieder zusammenzubauen. Er schraubte und machte, polierte und putzte und vergaß die Zeit. Plötzlich standen sie vor ihm. „Das ist Mirko", sagte Toms Vater, „er wird jetzt eine Weile bei uns wohnen." Tom war so vertieft gewesen, dass er im Moment gar nicht wusste, was sein Vater von ihm wollte, er schaute überrascht auf. „Als ob ich das noch nicht wüsste", murmelte er, als ihm wieder dämmerte, um was es ging, und drehte sich wieder zu seinem Fahrrad.

„Hey, Tom, jetzt sei doch nicht so, du kannst ihm ja wenigstens einmal Hallo sagen." „Hallo", sagte Tom genervt und schraubte ohne aufzuschauen weiter, doch sein Vater tat so, als wäre alles normal. „Zeig ihm doch mal dein neues Fahrrad, Tom! Vielleicht lässt Tom dich sogar mal fahren“, wendete er sich zu Mirko.

Jetzt wurde Tom richtig sauer: „Erst lasst ihr mich hier stundenlang warten und dann soll ich den Kerl einfach so auf meinem Fahrrad fahren lassen. Nee, das seh ich überhaupt nicht ein, das mach ich nicht!“, schrie er los, „die Gangschaltung ist kaputt und überhaupt, du lässt die Finger davon, das ist mein Rad.“ Drohend schaute Tom Mirko an, der sich ängstlich hinter dem Rücken von Toms Mutter versteckt hatte. „Tom“, sagte sie, „er hat es wirklich nicht leicht gehabt.“ „Ach, und dass ich hier stundenlang auf euch warte, das ist wohl ok? Kaum ist der Typ da, bin ich schon Luft für euch, lasst mich doch einfach in Ruhe.“

Tom merkte, wie sein Vater zu seiner Mutter schaute, typisch schlechtes Gewissen dachte er, jetzt kommt bestimmt die Frage nach Pizza, so schafften sie es nämlich immer, seinen Widerstand zu brechen, doch diesmal nicht, nahm er sich vor. „Du, Tom“, lenkte seine Mutter ein, „wir dachten, wir könnten vielleicht nachher zusammen ins Kino gehen, was hältst du von dem neuen James Bond“ – „und später können wir dann noch eine Pizza essen gehen“, äffte Tom seine Mutter nach. „Nö, wisst ihr was“, sagte er, „ich hab keine Lust. Keine Lust auf Kino, keine Lust auf Pizza, eure blöden Vorschläge und erst recht nicht auf den da.“ Tom zeigte auf Mirko, schwang sich auf sein Rad und fuhr davon. „Lass ihn“, hörte er seinen Vater sagen. Wütend trat Tom in die Pedale.

Von wegen „lass ihn“, was, wenn ich einfach nicht mehr zurückkäme, einfach abhauen würde mit dem Rad, dachte er, jetzt haben sie ja ihren Mirko. Doch Tom verwarf den Gedanken, er wusste, dass es utopisch war zu denken, dass das klappen könnte, so ganz ohne Geld, und außerdem, wo soll ich hin, überlegte er weiter. Seine Großeltern würden seinen Eltern sofort Bescheid sagen und Helene, seine andere Großmutter, wohnte einfach viel zu weit weg. Sonst hatte er niemanden.

Wie wild radelte Tom immer weiter, im Nu war er am Fluss und raste am Ufer entlang. Die Gangschaltung surrte gleichmäßig. Tom mochte dieses Geräusch, es beruhigte ihn. Er spürte, wie ihm langsam der Schweiß am Rücken entlang lief. Der kühle Fahrtwind tat ihm gut. Eine Dreiviertelstunde später hielt er vor Kalles Haus an, schaute nach oben, überlegte, aber irgendwie konnte er sich doch nicht entscheiden zu klingeln. Er hatte keine Lust zu reden, eigentlich wusste er auch nicht, was er sagen sollte. Deshalb setzte er sich wieder auf sein Rad und fuhr einfach immer weiter. Die sollen sich ruhig ein paar Sorgen machen, dachte er, schließlich …

Krawumm, mit einem Riesenknall schleuderte es Tom plötzlich über den Lenker. An das, was dann kam, erinnerte er sich nicht mehr, aber als er aufwachte, blickte er in das Gesicht seiner Mutter.

„Mensch, Tom, wir haben uns solche Sorgen gemacht“, sagte sie. „Was ist denn passiert“, fragte er. „Die da“, Toms Vater hielt ihm eine Schraube unter die Nase, „hattest du leider beim Zusammenbauen vergessen, dein Fahrrad ist jedenfalls hin. Da wirst du sicher eine ganze Weile brauchen, bis es wieder fährt, aber du bist ja nicht ganz ungeschickt“, aufmunternd lächelte er ihm zu.

„So ein Mist“, nur mit Mühe konnte Tom die Tränen unterdrücken. „Zum Glück ist dir nichts Schlimmeres passiert, du hast eine leichte Gehirnerschütterung und dein Arm ist gebrochen. Wir sind so schnell wie möglich gekommen“, seine Mutter strich ihm die Haare aus der Stirn. „In drei Tagen kannst du wieder nach Hause.“ Jetzt erst sah Tom, dass Mirko hinten an der Wand gelehnt stand. Er schaute nach unten. „Der ist wohl jetzt immer dabei?“, fragte Tom und nahm sich Zeit, ihn von oben bis unten zu betrachten.

Eigentlich könnte er ganz cool aussehen, dachte er und stellte sich vor, wie es wäre, wenn Mirko ein amerikanischer Rapper aus der Bronx wäre. Er war schwarz, das stimmte schon mal, doch er hatte blonde Haare und wirkte außerdem total verklemmt. Seine Klamotten waren superaltmodisch, also insgesamt so ziemlich das Gegenteil davon, wie die Rapper sonst so aussahen. Das konnte man also knicken. Besonders ätzend fand Tom Mirkos Frisur. Seine winzigen blonden Locken hatte er zu einem Zopf zusammengebunden, wahrscheinlich damit sie nicht abstanden, doch sie ließen sich absolut nicht bändigen und standen in alle Himmelsrichtungen ab.

„So wie der aussieht", sagte Tom schließlich, „wird das nie was mit dem." „Du musst ihm Zeit geben, alles ist neu für ihn", seine Mutter schüttelte den Kopf. „In der Schule werden alle über ihn lachen und über mich wahrscheinlich auch", Tom deutete auf Mirko, „wenn ich mit ihm ankomme". „Erst mal bleibt er ja zu Hause, dann werden wir weiter sehen", sagte Toms Mutter und versuchte zu lächeln. „Hier, der ist für dich, ein Brooks-Sattel, den hast du dir doch gewünscht", wechselte Toms Vater das Thema und schaute ihn gespannt an. Obwohl Tom sich bestochen fühlte, freute er sich. „Mensch, klasse", sagte er leise, legte den Sattel neben seinen Kopf auf das Kissen und schaute ihn genau an. „Geile Form", anerkennend befühlte Tom das Leder.

Eine Weile sagte niemand ein Wort, verlegen zupfte Toms Mutter an ihrem Pulli herum. Jeder im Raum spürte, dass die Situation merkwürdig war, weder Tom noch seine Eltern redeten so unbefangen und offen wie sonst. Als Tom sich vorstellte, wie seine Eltern versuchten, Mirko zu integrieren, hatte er plötzlich sogar so ein Gefühl, dass das, was sie machten, vielleicht richtig sei, aber trotzdem: Er hatte keine Lust, es zuzugeben.

„Ich weiß einfach noch nicht, wie es mit ihm ist", durchbrach er plötzlich die Stille. „Ich habe Angst, schaut ihn euch doch an." „Ja, ist ja gut", sagte seine Mutter, „ich verstehe dich, aber ich bin sicher, dass Mirko auch Angst hat, meinst du nicht, dass er eine Chance verdient?" Doch Tom war das im Moment ziemlich egal, er war zu müde, um zu diskutieren, nickte seiner Mutter einfach nur zu, damit sie nicht weiter auf ihn einredete, schloss die Augen und schlief kurz darauf wieder ein.

Schöne Freunde

Am nächsten Morgen ärgerte Tom sich, weil er nicht in die Schule konnte. Die Sache mit Mirko nervte ihn genauso wie die Tatsache, dass sein Fahrrad wegen des blöden Sturzes kaputt war. Außerdem tat ihm sein gebrochener Arm weh, von den Prellungen ganz zu schweigen. Sein linkes Auge war komplett zugeschwollen. So ein Mist, dachte Tom, als er sich im Spiegel sah. Was würden seine Freunde von ihm denken. Den ganzen Morgen lag er im Bett und grübelte, er rührte nicht einmal die Comics an, die seine Eltern ihm mitgebracht hatten.

Am Mittag, als er vor Langeweile fast umkam, ging plötzlich die Tür auf und Lene, Kalle, Felix und Jan kamen rein. „Ich dachte schon", sagte Tom, „ihr hättet mich total vergessen", und lachte fröhlich. „So ‘n Quatsch", Lene grinste Tom an, „aber echt blöd von dir, dass du deine Fahrradtour ohne uns gemacht hast." „Stimmt", sagte Jan, „ich hätte gern gesehen, wie unser Kleiner über den Lenker fliegt, ganz schön stabil." Behutsam klopfte er auf den Gips, holte einen Stift raus und fing an, einen Radfahrer mit Flügeln darauf zu malen, der einen Salto über den Lenker drehte. Jan konnte ziemlich gut Cartoons zeichnen und deshalb rückten die anderen näher, um ihm zuzuschauen. Nach kurzer Zeit saßen alle in Toms Bett, jeder malte noch ein bisschen was dazu, dann kamen die üblichen Sprüche und natürlich die Autogramme. „Geiler Gipsarm“, sagte Kalle, „den musst du unbedingt aufheben.“ „Wirklich ein tolles Andenken, super Idee von dir“, Tom grinste ironisch, „ein echtes Kunstwerk. Wahrscheinlich is’ er später mal ‘ne Million wert.“ „Ja“, sagte Lene, „wenn du so richtig berühmt bist, zum Beispiel als Radrennfahrer auf der Tour de France.“

„Und da stürzt Tom Ullrich auf der entscheidenden 7. Etappe. Sein Arm! Sein Arm ist gebrochen!“, machte Kalle einen Reporter nach. Alle lachten. „Wie lange musst du denn hier bleiben?“, fragte Felix. „Ich weiß nicht“, Tom zuckte mit den Schultern, „ich hoffe, dass ich bald wieder raus kann, ist ganz schön langweilig ohne euch.“

„Hey, wir haben dir was mitgebracht. Wir haben zusammengelegt“, sagte Lene, „und dein Fahrrad ist ja nun erst mal Schrott“, machte Kalle weiter, „und da dachten wir uns, dass du vielleicht schon mal ein paar neue Lampen gebrauchen könntest.“ Tom packte sie aus. „Das ist ja toll! Danke!“, Tom war total gerührt. „Is’ schon gut“, sagte Jan, „hast du nicht irgendwas zu essen?“ Jan aß sozusagen immer. „Klar, hab ich ganz vergessen, ich habe noch jede Menge Kekse, die meine Eltern mir mitgebracht haben. Gegen ein kleines Picknick im Bett wird ja wohl niemand was haben.“

Mitten in der schönsten Orgie, das Bett voller Freunde und Krümel, ging die Tür auf und Toms Mutter kam mit Mirko herein. Der sah Tom und seine Freunde und rannte sofort wieder raus. „Halt, warte doch“, rief Toms Mutter ihm hinterher und warf Tom einen Blick zu, der so viel sagte wie, wie kannst du nur ... und Tom war sofort sauer. „Hey, was war denn das?“, fragte Jan, „hab ich ‘ne Erscheinung gehabt oder war das eben nicht deine Mutter?“ „Wieso rennt sie diesem Minipfleger hinterher“, witzelte Kalle, doch Tom war absolut nicht zum Lachen zu Mute.

„Das ist das neue Hobby meiner Eltern“, sagte er bitter, „sie haben beschlossen, dass der Typ eine Weile bei uns wohnen soll, irgendwann hättet ihr es ja doch rausgekriegt“, fügte Tom noch leise hinzu. „Ach du meine Güte“, sagte Jan, „so wie’s aussieht, hat der aber einen ziemlichen Knall.“ „Ach was!“, schrie Tom, dem plötzlich alles zu viel war, auf einmal wütend los, „der hat halt Angst.“ „Hey, reg dich ab, Alter, ich mein ja nur“, sagte Jan eingeschnappt und Tom ärgerte sich, dass er Jan so angeblafft hatte. „Find’ ich ja auch, dass der Typ irgendwie komisch ist“, versuchte er wieder einzulenken, aber die Stimmung war hin. Lustlos knabberte jeder an seinem Keks.

„Ok, Tom, das wird schon, komm erst mal wieder auf die Beine. Ich muss noch was für die Schule machen, ich geh dann jetzt mal“, ergriff Kalle als erster die Initiative und stand auf. Die anderen schlossen sich ihm an und auf einmal saß Tom wieder alleine in seinem Bett, mitten in einem Haufen pieksender Krümel. Er war traurig, dass Lene mit den anderen gegangen war. Von wegen „wir kriegen das hin“, erinnerte er sich an sein Gespräch mit ihr, das war ja wohl nichts. Er hätte so gerne noch ein bisschen mit ihr gequatscht, über sein schlechtes Gewissen und über seine Wut darüber, dass alles schief zu laufen schien. Aber er war allein und das tat weh.

Bist du taub?

„So, hier ist der Ausreißer“, Toms Mutter kam wieder zur Tür rein, Mirko schob sie vor sich her und hielt ihn am Arm fest. Sie lachte und Tom war erleichtert, dass sie nicht auch noch sauer auf ihn war. „Ich hab keine Lust, euch ständig hinterherzurennen oder soll ich euch etwa festbinden“, sagte sie. Tom grinste. „Nö, ich bleib dann wohl erst mal hier. Aber was mit dem ist“, Tom nickte zu Mirko rüber, „weiß ich auch nicht. „Ach, ich weiß es doch auch nicht“, Toms Mutter ließ sich auf den Bettrand fallen, „er hat noch kein Wort geredet. Ich glaube, wir müssen eine Menge Geduld haben. Immerhin habe ich es geschafft, seine Sachen zu waschen, aber er wollte sie sofort wieder anziehen.“

„Wieso wir?“, fragte Tom, der seiner Mutter aufmerksam zugehört hatte, „ich wollte doch gar nicht, dass er zu uns kommt, was sollen wir denn mit ihm machen, wieso ist er nicht geblieben, wo er war?“ Mirko stand vor dem Fenster, schaute den Amseln zu und tat so, als ginge ihn das alles nichts an.

„Weißt du, ich finde es ungerecht“, sagte Toms Mutter und knetete umständlich ihre Hände, „dass er in einem Heim leben soll, wo ihn niemand kennt und sich niemand für ihn interessiert. Außerdem mag ich ihn, ich mochte ihn schon, seit ich ihn zum ersten Mal gesehen habe. Das ist es. Ich weiß auch nicht, warum.“ Wieso mag man einen Typen, den man überhaupt nicht kennt, überlegte Tom, traute sich aber nicht, eine Diskussion anzufangen. „Aber erwartet nicht von mir“, drehte er sich stattdessen wieder zu ihr, „dass ich das Ganze rausreiße, es war eure Idee, ihr habt mich nicht gefragt und deshalb will ich auch nicht, dass er in meinem Zimmer schläft. Ich will nicht, dass er mir gegenüber liegt, ich find die Vorstellung schrecklich, ich kenne ihn doch überhaupt nicht.“ „Ja, gut, ich versteh dich, das war ein Fehler, keine gute Idee von uns“, Toms Mutter nickte mit dem Kopf, „hast du denn eine bessere?“ „Ja, wie wär's mit eurem Schlafzimmer“, schlug er vor.

„Ach Tom – “. „Stimmt's, ihr möchtet ihn nämlich auch nicht bei euch haben.“ „Das ist doch etwas anderes, wir sind doch erwachsen“ – „und ich“, unterbrach Tom, bevor seine Mutter anfangen konnte, sich zu ärgern, „habe auch ein Recht auf Privatleben, ich mein das überhaupt nicht böse, aber es geht einfach nicht. Können wir nicht das Gästezimmer ausräumen, Oma kann doch ins Hotel oder auf der Couch schlafen, wenn sie kommt, ihr werdet das schon machen“, lenkte Tom ein. Er beobachtete seine Mutter genau, sie schien wirklich über das, was er gesagt hatte, nachzudenken.

„Gut, so machen wir es“, sagte sie nach einem Augenblick und Tom war so überrascht, dass sie mit seinem Vorschlag einverstanden war, dass ihm erst einmal die Sprache wegblieb. „Und du, Mirko“, Toms Mutter drehte sich zu Mirko und streichelte ihm über den Kopf, „wirst du dich bei uns wohlfühlen?“ Ganz leicht erwiderte Mirko den Druck ihrer Hand auf seinem Kopf, so wie eine Katze, die sich behutsam anschmiegt.

„Kannst du mir noch ein Telefon besorgen“, fragte Tom, „ich könnte dann ein bisschen telefonieren, es ist doch so langweilig hier.“ „Na klar“, seine Mutter kramte nach ihrem Portemonnaie, „mach ich, kann ich dich denn so lange mit Mirko alleine lassen?“

„Ja, das geht schon, aber beeil dich.“ Lange musterte er Mirko, der ihn raubtierartig, als müsse er auf der Hut sein, mit seinen Blicken umschlich.

„Wo kommst du eigentlich her?“, fragte Tom, „was ist mit deiner Familie, hast du Geschwister, isst du auch gerne Spaghetti? Sag doch mal was, du bist ja super langweilig oder hast du einfach nur einen Knall?“ Mirko reagierte nicht, er schaute Tom nur aufmerksam mit seinen braunen Augen an. „Ach“, Tom pfiff zwischen den Zähnen, als habe er gerade eine riesige Entdeckung gemacht, „bist du vielleicht taub?“ Plötzlich schrie er, so laut er konnte: – „Sag endlich mal was!“ Mirko sprang entsetzt in die letzte Ecke des Zimmers, er hatte sich so erschreckt, dass er anfing zu zittern. So ein Mist, dachte Tom, jetzt krieg ich bestimmt wieder Ärger. „Ich hab's doch nicht so gemeint", versuchte er Mirko zu beruhigen, „bitte, komm wieder her." Als alles Reden nichts nutzte, hielt Tom ihm sein neues Vorderlicht entgegen und knipste es an. „Schau mal, die haben mir meine Freunde geschenkt", immer wieder knipste er die Lampe aus und an. „Man kann sie als Dauerlicht oder als Blinklicht einschalten, guck mal", sagte Tom, „sieht doch klasse aus."

Plötzlich lächelte Mirko ein bisschen und kam vorsichtig an Toms Bett. Er beobachtete genau, was Tom machte, aber als er ihm die Lampe hinhielt, wollte er sie nicht nehmen. Plötzlich ging die Tür auf und Toms Mutter kam wieder herein, sie schaute Tom und Mirko gespannt zu. „Hier ist deine Telefonkarte", sagte sie nach einer Weile, „soll ich Lene anrufen und ihr deine Nummer geben?" „Ach die", sagte Tom langgezogen.

„Ah, ich verstehe, ihr habt euch wohl gezankt." „Frag mich bitte nicht", wehrte Tom ab, „ich hab keine Lust, darüber zu reden, außerdem bin ich müde, vielleicht können wir nachher noch einmal telefonieren. Danke jedenfalls, dass du dich um das Telefon gekümmert hast. Kommst du morgen wieder vorbei?"

„Natürlich, Tom, ist doch klar. Es wird schon alles, davon bin ich überzeugt, ok? Jetzt schlaf erst mal gut und werd' bald wieder gesund", sagte sie. Dann schnappte sie Mirko und ging. Tom drehte sich auf die Seite und schaute an die Wand.

Lene

Endlich allein, dachte er. Er hatte sich riesig über den Besuch seiner Freunde gefreut und ärgerte sich, dass er so blöd reagiert hatte. Bestimmt waren jetzt alle sauer auf ihn. Mitten in sein Grübeln hinein klingelte plötzlich das Telefon.

„Hallo, hier Lene." Tom schwieg. „Tut mir leid wegen vorhin", sagte sie dann. „Is' schon ok", Tom antwortete so kühl, wie er konnte, obwohl er sich insgeheim unheimlich freute, dass sie anrief. „Hast du die Nummer von meiner Mutter", fragte er.

„Ja, ich habe sie angerufen und gefragt, ob man dich anrufen kann." „Ah", Tom seufzte erleichtert, denn er hatte befürchtet, dass seine Mutter sich wieder einmal in sein Leben eingemischt hätte und Lene angerufen hatte, um ihr seine Nummer zu geben.

„War aber wirklich blöd vorhin, warum seid ihr denn auf einmal alle abgehauen?", sagte er. „Na ja, wir hatten irgendwie das Gefühl zu stören und du warst auf einmal so motzig."

„Aber du hast doch noch gestern gesagt, dass wir es zusammen schaffen, verstehst du, und dann haust du einfach mit den anderen ab." „Ich weiß ja, das war blöd von mir", sagte Lene leise, „es tut mir leid." Sie schwieg.

„Mir auch", sagte Tom nach einer Weile, „mir tut es ja auch leid, Lene." Tom konnte hören, wie Lene tief Luft holte, „Meinst du, es ist wieder ok?", fragte sie, „ich fände es echt traurig, wenn du sauer auf mich wärst."

„Ach was, ich bin überhaupt nicht mehr sauer, ich bin doch froh, dass du angerufen hast, ich hab nämlich gedacht, dass du sauer auf mich bist, war ja auch ziemlich blöd von mir, so auszurasten. Aber erzähl mal, wie war es eigentlich heute Morgen in der Schule, hab ich vielleicht irgendwas verpasst?"

„Von wegen, ich hab dich die ganze Zeit beneidet, es war super langweilig. Sport ist ausgefallen und dafür hatten wir dann zwei Stunden Vertretung bei der Linke, die hat die ganze Zeit irgendwas gelesen und wir mussten im Arbeitsheft Deutsch mindestens tausend Aufgaben machen." „Tja, Glück braucht der Mensch", Tom lachte.

„Wenn du willst, komme ich morgen wieder vorbei." „Klar will ich", Tom freute sich. „Du, übrigens, euer Geschenk, also die Lampen für mein Fahrrad", sagte er, „das war echt 'ne gute Idee, sagst du's den anderen?" „Klar", sagte Lene, „bis morgen dann."

Endlich konnte Tom einschlafen. Irgendwie hatte er trotz allem ein gutes Gefühl im Bauch.

Graf Müllratte

Tom war froh, als er nach einer Woche endlich wieder in die Schule konnte. Die paar Tage im Krankenhaus waren schon die Hölle, doch zu Hause war ihm erst recht die Decke auf den Kopf gefallen. Um seinen Eltern einen Gefallen zu tun, hatte er versucht, sich um Mirko zu kümmern, doch Mirko saß den ganzen Tag im Garten unter einem Baum und schaute in die Luft. Er sprach kein Wort, ganz egal, was man ihm vorschlug oder anbot. Auf der einen Seite bewunderte Tom Mirko, er hätte es niemals ausgehalten, so lange nicht zu reden, andererseits nervte es ihn aber und er fand es blöd von ihm, dass er alle so auflaufen ließ. Jeder gab sich Mühe, doch niemand konnte bei ihm landen. Seine Eltern waren total gereizt, es gelang ihnen nur schwer, zu überspielen, dass sie befürchteten, dass die ganze Sache mit Mirko in die Hose zu gehen drohte. Hinzu kam auch noch der Stress mit dem Schulamt. Natürlich verlangten die, dass Mirko in die Schule musste.

Nach langem Hin und Her wurde entschieden, dass Mirko in die Integrationsklasse an Toms Schule gehen sollte. Tom war das super peinlich, doch danach fragte natürlich niemand. Er ärgerte sich und vermied es, Mirko in den Pausen zu begegnen. Er tat einfach so wie immer, als es Mirko noch nicht in seinem Leben gab.

Mirko indessen versuchte sich unsichtbar zu machen. Während der Pausen versteckte er sich entweder in der Toilette oder hinter den Mülltonnen. „Graf Müllratte“ riefen ihm die Schüler aus seiner Klasse hinterher, es machte ihnen Spaß, ihn zu ärgern, und außerdem machte es sie wütend, dass Mirko nicht mit ihnen sprach oder spielte. Sie ließen keine Gelegenheit aus, ihn zu piesacken. Schon sein Aussehen reizte sie, sich über ihn lustig zu machen. Mirko trug immer nur Stoffhosen und irgendwelche Hemden oder Pullis aus der „Steinzeit“, wie alle witzelten, außerdem trug er seine Haare zu einem Zopf zusammengebunden. Das fand Olaf, ein Junge aus seiner Klasse, besonders doof.

„Hey, Blödmann“, schrie er ihn eines Tages an, „du denkst wohl, du bist was Besseres als wir, warum redest du eigentlich nicht mit uns? Hat es dir die Sprache verschlagen oder bist du einfach nur blöd? Sag doch mal was, Blödmann“, die anderen standen um Mirko herum und lachten, riefen ihn ebenfalls Blödmann, lachten noch mehr, schubsten und stießen ihn.

„Der kann überhaupt nichts“, grölte plötzlich ein Mädchen und haute ihm mit der flachen Hand auf den Kopf. „Du kannst nicht reden, nicht denken und wehren kannst du dich auch nicht. Blödmann, Feigling“, rief sie und zog ihn dann noch unter Applaus an seinem Zopf.

Mirko hielt seine Hände vors Gesicht und hoffte, dass sie aufhören würde. Er wehrte sich nicht und stand völlig steif da. Er spürte, wie ihm heiß wurde, sein Kopf schien zu platzen. Schon im Heim hatten sie ihn immer aufgezogen, weil er schwarz war. Sie nannten ihn verschimmelte Kaffeebohne und lachten sich über seine blonden Haare, die wie Drähte vom Kopf abstanden, kaputt. Deshalb hatte er sich angewöhnt, sie zusammenzubinden. Doch das hatte ihm auch schon damals nicht geholfen.

Seine Klassenkameraden schubsten und traten ihn weiter und als es wieder zur Stunde klingelte, hauten sie schnell ab. Zusammengekauert lag Mirko auf dem Schulhof. Erst als er sicher war, dass alle weg waren, ließ er seine Hände sinken. Seine Sachen waren zerfetzt und dreckig, seine Nase blutete. Traurig trottete er nach Hause.

„Mirko, wie siehst du denn aus? Was war denn los", fragte Toms Mutter Schlimmes ahnend, als er zur Tür herein kam, doch Mirko schüttelte den Kopf. „Nichts", sagte er und wollte in sein Zimmer gehen. „Nee, komm mal her, das müssen wir erst einmal ein bisschen abwaschen." Toms Mutter schob Mirko ins Bad. Mirko setzte sich auf den Rand von der Badewanne und ließ sich das Blut mit einem Waschlappen und warmen Wasser abwaschen. „Willst du nicht noch ein paar Eiswürfel, das muss doch höllisch wehtun."

„Mhmm, ganz schön sogar", nickte Mirko. Später knallte er sich auf sein Bett. Am liebsten hätte er jetzt die Musik aufgedreht, so wie Tom das immer tat, wenn er genervt war, aber er hatte noch keine Anlage und das wurmte ihn. Wütend warf er ein Kissen an die Wand.

„Stell dir vor, Mirko hat geredet! Er hat wirklich was gesagt." Toms Mutter war ganz aus dem Häuschen, als sie ihrem Mann erzählte, was am Vormittag los gewesen war. „Vielleicht wird er irgendwann richtig reden, loslegen und alles erzählen, wer weiß, was er erlebt hat."

Der Schulweg und die Pausen wurden für Mirko mehr und mehr zu einem Spießrutenlauf. Zu Hause erzählte er natürlich nichts, aber man sah ihm an, dass etwas nicht stimmte. Manchmal schrie er im Traum. „Wenigstens hat er eine Stimme", sagte Tom an einem Morgen zu seinen Eltern, die angestrengt lächelten. „Du musst Geduld haben", sagte sein Vater. Doch Tom hatte keine Geduld. Er war froh, dass er seinen Gips mittlerweile wieder los war und mit dem Fahrrad fahren konnte. So schnell er konnte, raste er morgens in die Schule und versuchte Mirko abzuhängen.

Elender Feigling

Eines Tages kam Lene in der Pause völlig aufgelöst zu Tom gerannt. „Tom", rief sie, „komm schnell, sie verprügeln Mirko schon wieder." Aber Tom tat so, als hätte er Lene nicht gehört. Er hatte keine Lust, sich um Mirko zu kümmern, und drehte sich um, weil es ihm einfach zu peinlich war, mit Mirko in Verbindung gebracht zu werden. Er wollte mit der ganzen Sache nichts zu tun haben.

Da explodierte Lene plötzlich. „Hey, du Affe, hast du mich nicht gehört? Sie verprügeln Mirko, so wie sie es immer machen, wenn sie ihn erwischen, und wenn du nicht so tun würdest, als würde dich das nichts angehen, dann würden sie ihn nicht immer verprügeln, dann könnten wir ihm helfen und es diesen Mistkerlen heimzahlen oder hast du etwa Angst vor denen, dass sie dich auch verprügeln könnten. Was kann denn schon passieren, es weiß doch sowieso jeder, dass Mirko bei euch wohnt, und außerdem machen wir alle mit, wenn du es willst." Jetzt erst sah Tom, dass auch die anderen aus der Clique zu ihm schauten. „Genau", rief Jan, „das sind die Kerle, die uns letztes Jahr unser Zelt abgefackelt haben, denen wollte ich es schon lange einmal zeigen."

„Weißt du, was wirklich schlimm ist", raunzte Lene Tom zu, so dass es niemand hören konnte. „Dass du ein Feigling bist. Ein gottverdammter Feigling, du machst alles kaputt, verstehst du, und jetzt komm endlich, sonst will ich absolut nichts mehr mit dir zu tun haben, nie mehr." Sie schubste ihn.

Als wäre ein Schalter in seinem Gehirn umgelegt worden, rannte er plötzlich los und stürzte sich auf die Kerle, die Mirko fertigmachen wollten. In seinem Kopf hämmerten ihre Worte: Feigling, du bist ein Feigling.

„Los, kommt, denen werden wir es zeigen", schrie er laut, als wäre das die normalste Sache der Welt. Wütend vertrieben sie die Bande, die Mirko eingekreist hatte, und nach ein paar Minuten war der ganze Spuk vorbei. Zusammen mit den anderen aus seiner Clique setzte Tom sich auf den Schulhof. „Mensch, das war echt klasse", sagte Kalle und haute Tom auf die Schulter, „denen haben wir es aber gezeigt."

Doch Tom war absolut nicht nach jubeln zu Mute, er schaute sich nach Mirko um, der wie ein Häufchen Elend am Boden aussah. Seine Nase blutete diesmal so sehr, dass das Blut auf sein Hemd tropfte. Ohne zu überlegen, was die anderen jetzt denken könnten, ging Tom einfach zu ihm und reichte ihm ein Tempotaschentuch. „Hier. Alles ok?" Mirko nahm es und nickte und sagte leise danke.

Tom war völlig fertig. Ohne dass er es wollte, kamen ihm die Tränen, er wollte sie schnell wegwischen, bevor Mirko sehen konnte, dass er weinte, doch Mirko tat so, als würde er nichts merken. „Vielleicht hätten sie mich umgebracht, diese gemeinen Kerle." Tom rückte zu Mirko. „Du kannst ja reden", sagte er. Mirko nickte. „Ja, irgendwie schon", sagte er.

„Scheiße, ich weiß auch nicht, was mit mir los war", Tom schaute Mirko an, „ich hätte dir schon längst helfen sollen, dieser Ingo ist sowieso ..." „Ein Mistkerl", Mirko unterbrach Tom. „Ja, stimmt, eine fiese Ratte! Ich pass jetzt auf dich auf, ich versprech's dir." Tom legte seinen Arm auf Mirkos Schulter. Plötzlich fiel ihm ein, dass man ihn so mit Mirko sehen könnte, er schaute sich um, aber es war keiner mehr da. Tom war eigentlich ganz froh, dass seine Freunde schon weg waren und er jetzt mit niemandem reden musste. „Komm, Mirko", sagte er, „gehen wir nach Hause."

Zu Hause erzählte Tom seinen Eltern, was passiert war, die Sache mit Lene ließ er allerdings weg. „Das war sehr mutig von dir“, sagte sein Vater. Tom biss vor Verlegenheit auf seiner Unterlippe herum und schämte sich. Er wusste nur zu gut, dass er ohne Lene überhaupt nichts gemacht hätte. Schnell schaute er zu Mirko, aber der nickte nur, denn er hatte keine Lust zu erzählen. So hoffte Tom, dass niemand auf die Idee kam, genauer nachzufragen, schließlich war es nicht das erste Mal, dass sie Mirko fertiggemacht hatten, und damals hatte er immer weggeschaut.

„Mirko“, wechselte seine Mutter das Thema, „das ist ja erst einmal überstanden, jetzt wird alles gut. Habt ihr Lust, wir könnten doch eine Pizza bestellen.“ Diesmal war Tom von der Idee begeistert. Seine Mutter hatte wie immer erkannt, dass es gut war, jetzt nicht nachzubohren, er fand sie klasse.

Kribbeln im Bauch

Völlig erschöpft lag Tom am Abend im Bett, er dachte an Lene. Wenn sie nicht gewesen wäre, dann wäre jetzt alles anders. Es war ihm immer noch total peinlich, dass er nicht von selbst den Mut gehabt hatte, Mirko zu helfen.

Bei dem Gedanken an Lene hatte er plötzlich ein ganz mulmiges Gefühl im Bauch. Er überlegte sich, wie er ihr am besten begegnen sollte, aber erst einmal war er froh, dass sie nicht in der Nähe war. Feigling hatte sie zu ihm gesagt. Wahrscheinlich mochte sie ihn jetzt nicht mehr. Er wusste, dass er sich ihr gegenüber in der letzten Zeit ziemlich blöd benommen hatte. Es war ihm auf die Nerven gegangen, dass sie immer nach Mirko gefragt hatte. Einmal hatte sie sogar vorgeschlagen, ob sie ihn nicht mit auf eine Radtour nehmen sollten. Sie hatte einfach nicht verstanden, dass er keine Lust darauf hatte, aus Angst, dass seine Freunde ihn uncool finden könnten, weil er sich um einen Jungen kümmerte, der sich absolut komisch benahm und nicht einmal sprechen konnte oder wollte, das war, wie er fand, dasselbe. Ihm war immer alles nur peinlich, er hatte nur an sein Gefühl und an seine Rolle gedacht, die er spielte, doch seit der Sache am Morgen war ihm klar, dass er weder an Mirko noch an Lene gedacht hatte, daran, wie Mirko sich in dem ganzen Schlamassel fühlen musste.

Mit Lene ist das im Prinzip genauso, dachte Tom. Eigentlich wollte er ihr immer nur imponieren, wollte, dass sie ihn toll fand. Dabei hatte er nur auf sich geachtet, wie er zu wirken meinte, und gar nicht gesehen, dass Lene etwas anderes wollte. Wollte sie mit ihm reden, schlug er einen tollen Ausflug vor, Kino oder Radfahren. Er fand es toll, mit ihr zusammen zu sein, und gleichzeitig wollte er, dass sie nicht merkte, wie er sich fühlte. Er wollte stark sein und weil er befürchtete, sie könnte ihn doof finden, machte er nur noch coole Sprüche, als würde ihm nichts etwas ausmachen. Dabei sehnte er sich danach, so wie früher alles mit ihr zu bequatschen. „Ich bin ein Idiot“, sagte er plötzlich laut vor sich hin.

Er überlegte, was er nun machen sollte, zum Anrufen war es zu spät, außerdem wusste er nicht, wie er anfangen sollte, was er sagen sollte. Mit seinen Eltern wollte er auch nicht reden. Deshalb nahm er einen Bogen Papier und begann zu schreiben. Lene, fing er an, immer wieder schrieb er ihren Namen, bis das Blatt total vollgekritzelt war. Dann zerknüllte er es, suchte eine Karte und schrieb darauf: Hallo Lene, es tut mir leid. Ich liebe dich – dein Tom. Entschlossen steckte er die Karte in einen Umschlag, den er Lene bei nächster Gelegenheit geben wollte.

Endlich legte er sich in sein Bett, so erledigt, dass er nicht einmal mehr Lust hatte, Musik zu hören. Er rollte sich auf die Seite, doch er konnte nicht schlafen und lag die halbe Nacht wach. Am Morgen war er total gerädert.

Alles roger

Einige Tage trug Tom die Karte für Lene mit sich herum, aber immer waren irgendwelche Leute in der Nähe, wenn er Lene sah. Dann endlich traf er sie in der Fußgängerzone. „Hallo“, rief er ihr zu, „Lene!“ Sie drehte sich um und strahlte ihn an. „Mensch, Tom“, sagte sie, „ich dachte schon, du bist sauer auf mich.“ „Sauer, ich?“, fragte Tom, „wieso denn, ich dachte, du bist sauer auf mich.“

„Ach was, ich habe das Gefühl, dass du mir seit dieser Schlägerei aus dem Weg gehst, es war ja auch ziemlich fies, was ich zu dir gesagt habe, aber ich hatte solche

Angst um Mirko, einfach weil ich es so gemein fand, dass sie sich mit so vielen auf ihn stürzten. Er hatte überhaupt keine Chance und außerdem kann ich diesen blöden Angeber – Ingo einfach nicht leiden. Und du, du warst nur noch cool, hast so getan, als ob dich die ganze Sache nichts angeht, ich konnte nicht verstehen, dass du dich für Mirko schämst, er ist doch eigentlich total in Ordnung."

„Tu ich doch gar nicht mehr", unterbrach Tom Lene, „das war wirklich blöd von mir, ich weiß." Tom blieb stehen. „Wollen wir nicht so wie früher wieder zusammen sein, du fehlst mir. Hier", mutig zog er seine inzwischen total verknitterte Karte aus der Hosentasche und gab sie Lene. „Was ist das?", fragte sie und öffnete den Umschlag. Sie las, las noch mal und kriegte einen knallroten Kopf. „Du, nicht böse sein", sagte Tom und knuffte sie leicht in den Arm, „ich mein ja nur", doch Lene schaute Tom an und küsste ihn direkt auf den Mund.

Jetzt war es Tom, der mit einer hochroten Bombe mitten in der Fußgängerzone stand. „Du, nicht böse sein", sagte Lene und rannte plötzlich los. Tom rannte ihr hinterher. Endlich gelang es ihm, sie einzuholen. Völlig außer Puste standen sie sich gegenüber. Tom nahm ganz vorsichtig ihre Hand. Sein Herz klopfte wie wild. Sie gingen, ohne etwas zu sagen, die Straße entlang. „Ich mag dich auch, wirklich", sagte Lene nach einer Weile, „schon ganz lange."

„Dann bist du also wirklich nicht sauer auf mich? Ich habe nämlich über das, was du gesagt hast, nachgedacht, und weißt du was? Es stimmt. Ich war wirklich ein Feigling, ich hatte eine Riesenangst, dass die anderen es blöd finden, wenn ich mich mit Mirko abgebe, einem Jungen, der kein Wort redet und total bescheuert aussieht. Denk doch nur an die Klamotten, die er anhat, ich fand alles einfach nur peinlich. Meine Eltern wollten so gerne, dass ich ihn wie einen Bruder behandle, aber ich konnte absolut nichts mit ihm anfangen, ich habe mich einfach nur für ihn geschämt, weil ich dachte, dass er einen Knall hat, irgendwie halt nicht normal ist oder so was in der Art, verstehst du, und außerdem habe ich mich über meine Eltern geärgert, weil sie nur noch mit Mirko beschäftigt waren. Ich wollte, dass es wieder so wie früher wäre", –

„dass sich alles immer nur um dich dreht", unterbrach Lene Tom. „Du spinnst doch", sagte sie und tippte sich an die Stirn, „ich finde es klasse, dass deine Eltern Mirko aufgenommen haben, ohne irgendwelche Bedingungen zu stellen. Die anderen quatschen alle nur, aber deine Eltern haben wirklich Mut, sie machen, was sie gut finden, egal was die anderen von ihnen halten, und außerdem glaube ich, dass du eifersüchtig auf Mirko warst."

„Ja, vielleicht stimmt das", sagte Tom leise, „ich hab mich jedenfalls ziemlich blöd benommen, das weiß ich jetzt." „Komm", schlug Lene vor, „gehen wir ein Eis essen." „Gute Idee", Tom atmete erleichtert aus, „wie viel

Geld hast du dabei, vielleicht können wir uns so einen richtig fetten Becher leisten.“ „2,50“, zählte Lene, „3,40“, sagte Tom, „dafür kriegen wir auf jeden Fall einen fetten Becher.“ Sie bestellten sich einen Freundschaftsbecher in der Eisdiele an der Schule und löffelten wie verrückt.

Als Jan vorbeikam, grinsten sie ihn einfach an. „Dacht ich mir's doch“, sagte er, „wann ist die Hochzeit?“ „Blödmann, hol dir einen Löffel“, lachte Lene und dann schlabberten sie zu dritt aus dem Becher. Später brachte Tom Lene nach Hause, dann schnappte er sich sein Fahrrad, das er in der Fußgängerzone abgestellt hatte, und machte zum ersten Mal seit seinem Sturz eine riesig lange Tour. Er strampelte, was das Zeug hielt, schwitzte wie blöd und war wahnsinnig glücklich.

Als er am Abend heimkam, schaute er noch einmal bei Mirko vorbei. Er schlief schon und so schlich Tom auf Zehenspitzen wieder hinaus, um ihn nicht zu wecken. „Hey, Tom, alles klar?“ fragte ihn sein Vater verwundert, als er ihn aus Mirkos Zimmer kommen sah. „Alles roger“, sagte Tom, grinste und verschwand in sein Zimmer, bevor sein Vater irgendetwas fragen konnte.

Zusammenprall

„Mirko“, sagte Tom am nächsten Tag nach dem Mittagessen, „hast du nicht Lust, ein bisschen mit mir zu kicken?“ Mirko spielte unheimlich gerne Fußball, Tom wusste das. „Hier“, er warf Mirko den Ball zu, der ihn sofort fing und wieder zu Tom zurückschoss. Auf dem Bolzplatz kickten sie so lange, bis sie völlig erledigt waren. Als sie dann auf einer Bank saßen, holte Tom etwas zu trinken aus seinem Rucksack und hielt es Mirko hin. „Weißt du“, sagte er, „am Anfang habe ich mich total geärgert, dass meine Eltern dich zu uns geholt haben, ich wollte nicht, dass du da bist, sich etwas ändert, außerdem hatte ich Angst, dass ich dann immer auf dich aufpassen müsste, verstehst du? Ich hätte dann gar keine Zeit mehr für meine Kumpels gehabt, das fand ich einfach blöd. Außerdem hatten sie mich nicht gefragt, ob ich damit einverstanden bin, dass du kommst, deshalb kam ich mir wie ein kleiner Idiot vor.“

Tom machte eine kleine Pause und trank einen Schluck aus der Flasche, „aber es tut mir leid, Mirko, ich mag dich, wirklich.“ Mirko nickte mit dem Kopf und lachte. „Nur“, fuhr Tom fort, „warum bist du so still, du kannst doch reden oder hab ich das damals nur geträumt? Ich möchte mich gerne mit dir unterhalten, wie mit meinen anderen Freunden, ganz normal. Wo du herkommst, will ich wissen, und ob du wirklich nicht rechnen kannst. Vielleicht ist das ja nur ein Trick, damit du nichts machen musst?“ Mirko schaute Tom mit so einem „Nö,-ich-bin-wirklich-dumm-Blick“ an, dann grinste er, schnappte sich den Ball und rannte los.

Mirko war ein guter Läufer, viel schneller als Tom. „Hey“, rief er ihm hinterher, „bleib doch mal stehen!“, aber Mirko wartete nicht, er freute sich, dass er Tom locker abhängte. Als er einen Moment nicht aufpasste, weil er sich nach Tom umschaute, passierte es. Mit voller Wucht rannte er eine Frau um, die sofort hysterisch losschrie. „Hilfe, bleib stehen, du Gauner, ich krieg dich, Ausländerpack."

Mirko konnte sich nicht von der Stelle rühren, sein Herz pochte, es dröhnte in seinen Ohren. Angstvoll schaute er sich um, da sah er Tom, der keuchend angerannt kam. „Es ist alles gut", sagte er zu Mirko, „lassen Sie ihn in Ruhe, er ist mein Bruder." Tom legte seinen Arm um Mirkos Schulter, „was wollen Sie überhaupt von ihm, er hat das nicht gewollt, das sehen sie doch, wir haben Nachlaufen gespielt, er hat sie nicht gesehen." „Pack", schrie die Frau noch einmal, „alles Pack." Sie schubste Tom, der ihr beim Einräumen ihrer Tasche helfen wollte, zur Seite. „Weg mit euch." „Es tut uns leid", sagte Tom noch, dann merkte er auf einmal, wie Mirko zu zittern anfing, und zog ihn mit sich fort. „Mirko", sagte er, „es ist doch nichts Schlimmes passiert, komm schon, lauf los, ich fang dich." Doch die Stimmung war hin. Schweigend trotteten sie nebeneinander nach Hause.

„Na, welche Laus ist euch denn über die Leber gelaufen", fragte Toms Mutter, als sie die beiden ankommen sah, und Tom erzählte ihr von der Frau, die Mirko angemacht hatte. Toms Mutter war stinksauer. „Kennst du die Frau, habt ihr sie schon einmal gesehen?", fragte sie. „Das ist eine Unverschämtheit, es ist doch gar nichts passiert, und überhaupt, was soll das heißen, Ausländerpack, was denkt die sich eigentlich? So ein Quatsch.

Mirko gehört zu uns, so, wie er ist. Du bist richtig“, sagte sie zu ihm. „Wie kann jemand es wagen, so mit meinen Kindern umzuspringen“, regte sie sich auf. Mirko hörte gar nicht richtig zu, er stand plötzlich auf. „Wo willst du hin?“ Tom hielt ihn am Ärmel fest, „bleib doch hier, die Frau kann uns doch völlig egal sein“, rief er ihm hinterher, nachdem er sich losgemacht hatte. Aber Mirko wollte allein sein. Er ging in sein Zimmer und legte sich auf sein Bett. Tausend Gedanken rasten durch seinen Kopf. Irgendwann schlief er ein.

Styling

Am Morgen wachte Mirko mit einem neuen Gefühl auf, irgendetwas musste sich ändern, das war ihm plötzlich klar geworden. Er schlug die Decke leise zurück und ging ins Bad. Lange stand er vor dem Spiegel und schaute sich an. Er gefiel sich überhaupt nicht, versuchte seine Haare nach hinten zu kämmen, dann zur Seite, links oder rechts, es war vergeblich, egal, was er machte, seine Haare standen wie kleine Antennen ab.

Die sind einfach zu lang, dachte er plötzlich und nahm kurz entschlossen die Nagelschere, die auf der Ablage lag, und schnitt vorne ein Stück ab. Genau so, sagte er vor sich hin, als wollte er sich Mut machen, denn jetzt, wo die Haare vorne kurz nach oben standen, fand er, dass auch seine Haare an der Seite zu lang waren. Schnipp, Mirko war nicht zimperlich. „Sag mal, spinnst du?“ Tom stand in der Tür und starrte entsetzt auf den Haufen Haare, der im Waschbecken lag. „Ach komm“, sagte Mirko, „meine Haare sehen doch einfach doof aus, ich hab keine Lust mehr auf diesen blöden Zopf. Guck doch mal, so, und jetzt noch die andere Seite.“ Wieder schnitt Mirko ein Büschel ab. „Wart mal“, Tom rieb sich die Augen, „wenn du schon an dir rumschnippelst, dann mach das wenigstens richtig. Gib mal die Schere her. Hier steht nämlich auch noch was ab.“

Tom nahm die Schere, verglich die beiden Seiten und dann legte er los. Einen Augenblick später nickte er zufrieden. „Wie findest du das?“, fragte er. „Wow!“, sagte Mirko, „echt spitze. Seine Haare standen zwar noch immer nach oben, aber sie waren ein ganzes Stück kürzer. „Los, jetzt machen wir noch ein bisschen Gel drauf, ok?“ Tom nahm eine Hand voll Gel und rieb es in Mirkos Haare. Er zog, bog und drückte sie zurecht. „Hier vorne will ich sie so nach oben stehen haben, das find ich klasse.“ Mirko formte so lange, bis er zufrieden war. „So, jetzt find ich's gut.“ „Mhmm, echt super!“ Tom nickte anerkennend. Entschlossen ging Mirko an Toms Kleiderschrank.

Tom grinste, „willst du dir was ausleihen?“ Mirko nickte. „Von mir aus, ich bin gespannt, wie du in meinen Klamotten aussiehst.“ Mirko holte verschiedene Sweatshirts heraus und hielt sie vor sich, dann entschied er sich für ein rotes Sportshirt. „Hier“, sagte Tom, „die Hose musst du dazu anziehen, das sieht richtig gut zusammen aus.“ Mirko hielt den Kopf schief und überlegte, dann nahm er die schwarze Jeans, die Tom ihm hinhielt, und zog sie an. Der Schritt hing in der Kniekehle. „Das ist aber ganz schön gewöhnungsbedürftig", sagte er und ging ein paar Schritte. „Tja, so ist das eben, sieht dafür aber spitze aus", sagte Tom. Mirko betrachtete sich im Spiegel und schmunzelte. Tom hielt ihm noch einen Gürtel hin, „hier, den brauchst du, ich bin wohl etwas dicker als du, sonst rutscht dir auf einmal die Hose runter." „Du siehst richtig super aus!", sagte Tom, „guck doch mal." Mirko schaute sich von allen Seiten im Spiegel an der Kleiderschranktür an, dann nickte er zufrieden. „Echt super", sagte er. Gemeinsam gingen sie zum Frühstück herunter.

Toms Vater sah sie die Treppe runterkommen und schubste seine Frau leicht am Arm. „Sieh mal", flüsterte er ihr zu. „Mensch, sieht ja toll aus", rief sie. Tom und Mirko grinsten verschwörerisch, taten aber, als ob alles normal wäre. Nach dem Frühstück tappten sie zusammen in die Schule.

„Boah, geiles Styling", rief Jan ihnen entgegen, als er sie kommen sah. Das ging den ganzen Tag so weiter, alle lobten Mirkos Outfit. Einerseits war Tom begeistert, dass alle Mirkos Klamotten toll fanden, klar, waren ja auch seine, aber irgendwie fand er es auch doof, dass die Klamotten so viel ausmachten.

„Vorher haben die anderen Mirko klamottenmäßig immer nur belächelt und jetzt tun sie so, als ob er ein neuer Mensch ist", sagte er in der Pause zu Lene, „und weißt du, was ich wirklich bescheuert finde, mir kommt es auch ein bisschen so vor, als ob er anders wäre. Dabei hat er doch nur was anderes an."

„Aber irgendwie stimmt es doch", sagte Lene, „du achtest ja auch auf dein Outfit, oder, eigentlich ... mhmm", Lene tat so, als überlege sie, „wie du aussiehst, das bist du doch auch, für mich wenigstens. Ich könnte mir dich überhaupt nicht anders vorstellen, deine blonden abstehenden Haare, zentnerweise Gel, brechen die eigentlich ab?" Lene schnappte sich eine Strähne und verbog sie. „Meine abstehenden Ohren", sagte Tom lachend dazwischen. „Ja, genau, deine Ohren, Turnschuhe – logo, natürlich von Nike, Simpson-Sweatshirt."

Plötzlich drehte sich Tom zu Lene um. „Wenn ich mir dich vorstelle", sagte er, „denke ich zuerst an dein Gesicht, ehrlich, ich finde, du siehst richtig schön aus!" „Ach komm", Lene lehnte sich an Tom. „Ich finde es toll, dass du Mirko deine Klamotten geliehen hast, ehrlich."

„Wo ist er eigentlich", Tom schaute sich auf dem Schulhof um. „Wahrscheinlich ist er schon in der Klasse", sagte Lene, „wir sind nämlich absolut zu spät." „Oh Mist", Tom stand schnell auf, „ich hab's echt nicht klingeln gehört." „Na wennschon, ist ja nicht das erste Mal", sagte Lene ironisch, „komm, beeilen wir uns lieber."

Zu spät

„Ach, auch schon da“, wurden sie spöttisch von Herrn Meyer, ihrem Englischlehrer, begrüßt, die anderen lachten. „Ich glaube, ihr solltet mal ein paar Vokabeln extra lernen, wenn ihr dann das nächste Mal zu spät seid, habt ihr wenigstens schon vorgearbeitet und könnt euch vielleicht sogar „in English“ entschuldigen, das wär doch mal was, dann könnten die anderen vielleicht noch etwas von euch lernen.“ „So 'n Idiot“, zischte Tom Lene zu, „Pokerface“, zischte Lene zurück, beide versuchten so freundlich wie möglich zu schauen, „tut uns leid“, sagten sie und setzten sich auf ihren Platz.

Tom wusste, dass er eigentlich aufpassen sollte, die letzte Arbeit hatte er ziemlich in den Sand gesetzt, aber er hatte einfach keine Lust gehabt zu lernen. Englisch nervte ihn und der Meyer auch. Wollen wir nach der Schule zusammen ins Schwimmbad gehen, schrieb er auf einen Zettel und schob ihn vorsichtig zu Lene rüber, doch Meyer fing ihn ab. „Jetzt reicht's mir aber“, schrie er los, „erst kommen die Herrschaften zu spät und dann schreiben sie sich auch noch kleine Briefchen. Na, mal sehen.“ Spöttisch las er den Zettel vor und wieder fing die halbe Klasse an zu lachen. Tom kriegte einen knallroten Kopf vor Wut.

„Das ist echt unfair von Ihnen!“, schrie Lene wütend. „Wieso machen Sie das und außerdem“, Tom lief auf Hochtouren, „geht Sie das, was auf dem Zettel steht, überhaupt nichts an und die Klasse geht es auch nichts an. Bitte geben Sie mir den Zettel zurück."

„Oh, jetzt spielen wir auch noch den Ritter, weißt du was", während er sprach, kam Meyer ganz dicht an Toms Gesicht heran und obwohl er leise und gepresst sprach, konnte ihn jeder in der Klasse hören. „Ich will dir mal was sagen, Tom. Mir reicht es, wie du deine Sondernummer hier abziehst. Du spielst dich auf und machst dich wichtig, dabei zählt hier nur eins: Leistung, und die bringst du schon lange nicht mehr. Wer weiß, wo deine Gedanken sind, hier sind sie jedenfalls nicht und obendrein bist du auch noch frech und auch, falls es dir nicht passen sollte, bis zur nächsten Stunde arbeitest du die Kapitel 23 und 24 durch, komplett! Ich will eine schriftliche Zusammenfassung, ist das klar? Außerdem schreiben wir am Donnerstag in der ersten Stunde einen Test und ich kann dir nur raten, diesmal besser abzuschneiden, sonst ..." Meyer beendete seinen Satz nicht, aber jedem war sofort klar, was er damit gemeint hatte.

„Ja", sagte Tom und setzte sich zurück auf seinen Platz. Er kochte vor Wut, trotzdem versuchte er, sich die restlichen zwanzig Minuten zu konzentrieren. Am liebsten hätte er vor Wut losgeheult, doch diesen Triumph gönnte er Meyer nicht und biss die Zähne zusammen.

Denkzettel

„So eine miese Kröte“, empfing Jan Tom nach der Stunde auf dem Schulhof, „klasse, dass du dich getraut hast, ihm die Meinung zu sagen.“ Tom wehrte ab, „na ja, so richtig hab ich ihm ja nicht Bescheid gesagt, am Donnerstag schreiben wir ’nen Test und ’ne Zusatzarbeit hat er mir auch noch aufgebrummt, das ist doch Mist.“ „Ach was, Tom“, sagte Lene, anerkennend, „das hätte sich niemand von uns getraut, ihn aufzufordern, dass er den Zettel zurückgibt, das war echt mutig von dir und das mit der Arbeit kriegen wir auch noch irgendwie hin.“ „Genau“, sagte Jan, „‘n bisschen lernen kann uns auch nicht schaden.“

„Trotzdem, ich finde, dass wir dem Meyer mal einen Denkzettel verpassen sollten“, sagte Kalle, „ich kann den sowieso nicht leiden und dass er einen immer so fertig macht, ist echt das Letzte.“ „Ach komm“, Jan zeigte mit dem Daumen nach unten, „die Lehrer sitzen doch eh immer am längeren Hebel und außerdem, was sollen wir mit ihm machen, hast du eine Idee, wir können ihm ja schlecht die Schrauben an seinem Fahrrad abmontieren oder den Rückspiegel am Auto abbrechen, da käme er sicher sofort auf Tom.“

„Ich hab’s“, rief Kalle, „wir schreiben einfach alle nur noch Sechser. Eine Sechs im Vokabeltest, eine Sechs in der Arbeit, wir tun einfach so, als ob wir nichts können und dann muss er immer alle Arbeiten wiederholen und die Eltern hat er dann auch bald auf dem Hals.“ „Ok, Kalle, dir glaubt das jeder sofort, dass du in Englisch nichts kannst, aber den anderen kauft das doch niemand ab, außerdem würden wir nie alle dazu kriegen mitzumachen“, sagte Lene. „Hey, hast du ein Glück, dass ich keine Mädchen schlage, sonst würde ich dich jetzt verhauen“, Kalle schubste Lene leicht an der Seite. „Trotzdem, was Lene sagt, stimmt“, sagte Tom und rannte los.

Plötzlich rannten ihm alle hinterher. Ein paar Minuten später ließen sie sich erschöpft auf die Wiese im Park fallen. „Ich schmeiß ’ne Runde Eis“, rief Jan, „los, rückt mal euer Geld raus.“ „Typisch Jan, von wegen schmeißen, du willst doch nur, dass wir dir ein Eis spendieren.“ Felix grinste. „Ach was, ist doch egal“, meinte Tom, „lasst uns einfach zusammenlegen.“ Nach einer Weile saß jeder mit einer fetten Eistüte auf der Wiese. „Trotzdem“, fing Kalle wieder an, „dem Meyer sollten wir echt mal eins auswischen.“

„Also, ich finde die Idee mit der Sechs gar nicht so übel, wirklich, ich hab noch mal drüber nachgedacht“, Lene schaute in die Runde. „Franzi, Isabelle, Alex und Arne, die stehen doch auch auf fünf, oder? Sab, Jani und Jennifer haben das Schuljahr eh schon abgeschrieben, die machen bestimmt mit und leiden kann den Meyer außer Ulf sowieso niemand.“

„Wir können ja dafür sorgen, dass der Ulf mal einen Tag zu Hause bleibt“, sagte Kalle. „Mensch, wie sollen wir das denn anstellen?“ Jan tippte sich an den Kopf, „wir können ihn ja schlecht kidnappen oder so was.“

„Lasst uns halt einfach mal überlegen, man muss doch nicht immer gleich aufgeben. Wir könnten ihn zumindest mal fesseln“, schlug Kalle vor. „Quatsch, das geht nicht“, sagte Lene, „dann weiß doch sofort jeder, dass wir dahinter stecken, wir müssen das irgendwie unauffälliger machen.“ Genüsslich leckte sie an ihrem Eis, während sie überlegte.

„Ich hab’s“, rief Felix plötzlich, „wir besuchen ihn einfach am Abend vor dem Test und fragen ihn, ob er uns ein bisschen hilft. Und dann stellt jemand von uns seinen Wecker zwei Stunden später, ok?“ „Klasse Idee“, sagte Tom, „dann müssen wir ja nur noch den anderen beibiegen, dass sie eine Sechs schreiben müssen.“ Lene fing an zu lachen, „super“, sagte sie, „ das ist es, genau das müssen wir unbedingt machen, ich freu mich jetzt schon auf das Gesicht von Meyer. Los, lasst uns aufteilen, wer wem Bescheid sagt.“ Am nächsten Tag, Mittwochmorgen, also kaum noch Zeit, versuchten Tom, Kalle, Lene, Jan und Felix, die anderen aus der Klasse zu überzeugen, den Test am Donnerstag in den Sand zu setzen. Sie hatten genau überlegt, was sie sagen wollten, doch die meisten waren sowieso sofort dabei, weil niemand den Meyer riechen konnte. „Gut, dass der endlich mal eine Lektion verpasst bekommt“, sagte der dicke Alex und machte sich sofort daran, seinen Freunden zu sagen, was Sache war. Kalle und Tom wurden ausgesucht, um Ulf zu fragen, ob er ihnen helfen könnte. Sie verabredeten sich für den Abend mit ihm, doch so richtig wohl war ihnen nicht dabei. „Trotzdem, da müssen wir jetzt durch“, sagte Kalle, „können wir ja schließlich nichts dafür, dass er so ein Streber ist."

In der Aula

Da ausnahmsweise mal niemand in der Pause auf Mirko achtete, schlich er heimlich durch die Schule, obwohl er wusste, dass es verboten war, in der Pause oben zu bleiben. Vor der Aulatür blieb er wie angewurzelt stehen. Jemand spielte Geige. Mirko war völlig perplex, diese Musik, hier in der Schule, dachte er, das gibt's doch nicht. Er war hingerissen von dem Klang, Bilder stiegen in ihm auf, Bilder von früher, Bilder von seinem Vater. Unwillkürlich schloss er die Augen, drückte sein Ohr ganz fest gegen die Tür, um nichts zu verpassen, und lauschte fasziniert. Mirko kannte das Stück in- und auswendig, leise summte er die Melodie mit. Es war der erste Satz aus dem E-Moll Violinkonzert von Mendelssohn, eines der Konzerte, die sein Vater am meisten geliebt hatte, manchmal hatte er ihm daraus vorgespielt.

Diese Musik erinnerte ihn immer an den Geschmack von Mandeln. Wieso hatte ich den Geschmack, die Musik vergessen können, fragte sich Mirko, es war, als würde sich auf einmal ein Tor vor ihm öffnen. Zum ersten Mal seit einer Ewigkeit fühlte er sich leicht. Während Mirko automatisch seine Finger bewegte, als taste er das Griffbrett einer Geige ab, schob sich langsam das Bild des brennenden Wracks in sein Bewusstsein. Vor zwei Jahren, als sein Vater unterwegs zu einem Konzert war, war er bei einem Autounfall auf der Autobahn ums Leben gekommen, Mirko überlebte damals nur, weil er vor der Explosion aus dem Auto herausgeholt worden war, doch sein Vater verbrannte, weil er hinter dem Steuer eingeklemmt war.

Plötzlich waren alle Erinnerungen an früher wieder da. Mirko ließ sich an der Wand entlang auf den Boden gleiten. Von klein auf hatte er mit seinem Vater Musik gemacht. Sein Vater war Orchestermusiker, er spielte Geige. Seine Mutter hatte er nie kennengelernt, sie war schon bei seiner Geburt gestorben. Das Einzige, was er von ihr wusste, war, dass sie eine ziemlich gute Opernsängerin gewesen sein sollte. Sie war Amerikanerin, schwarz, das hatte er von ihr, seine blonden Haare hatte er allerdings von seinem Vater geerbt.

Mirko ließ sich von seinen Gedanken treiben und merkte, dass die Musik machte, dass er sich nicht mehr allein fühlte, obwohl seine Eltern beide tot waren. Auch wenn er nur die Geigenstimme hörte, klang in ihm das ganze Konzert. Er ergänzte die fehlenden Stimmen und konnte sich das Orchester vorstellen. Am liebsten würde ich den ganzen Tag hier bleiben und zuhören, dachte er plötzlich, glücklich, weil er spürte, dass er etwas wiedergefunden hatte.

Doch dann stoppte die Musik. Mirko erschrak, vielleicht hatte er sich alles nur eingebildet. Schnell versteckte er sich hinter einer der Vitrinen und starrte auf die Tür, die sich endlich öffnete. Frau Menni, seine Klassenlehrerin, kam heraus. Mirko war platt, das hätte er ihr niemals zugetraut. Was soll ich jetzt machen, überlegte er. Gerne hätte er sie angesprochen, gefragt, ob er auf ihrer Geige spielen darf, aber er traute sich nicht, schließlich hatte er während der Pause nichts in der Schule verloren, das wusste er. Trotzdem konnte er der Versuchung nicht widerstehen.

Er sah, dass Frau Menni ohne Geige aus der Aula kam. Jetzt ging sie Richtung Lehrerzimmer, die Tür zur Aula hatte sie aber nicht abgeschlossen. Als er sicher war, dass sie ihn nicht sehen konnte, schlüpfte er in den Raum. Mirko war beeindruckt. Die Aula war ein wunderschöner Saal mit hohen Decken und mit riesigen Fenstern. Die Wände waren blau gestrichen. Vorne auf der Bühne lag die Geige. Ohne zu überlegen, rannte Mirko dorthin und nahm sie aus dem Kasten. Er befühlte das Holz, strich mit seiner Hand über das Griffbrett und atmete den Duft des Kolophoniums ein. Dann legte er sein Kinn in den Kinnhalter und strich langsam mit dem Bogen über die Saiten. Vorsichtig begann er, ein paar Töne zu spielen, und auf einmal war seine Angst wie weggeblasen.

Erst das Klingeln, das das Ende der Pause ankündigte, holte ihn in die Wirklichkeit zurück. Schnell legte er die Geige in den Kasten und schlich mit pochendem Herzen wieder ins Treppenhaus. Er schaute sich um, schloss, so leise er konnte, die Tür und raste zu seinem Klassenzimmer. Dort saß er dann wenig später mit hochrotem Kopf auf seinem Platz. „Mirko“, sagte Frau Menni zu ihm, „was ist los mit dir, geht es dir nicht gut? Ich glaube, du hast Fieber“, sie hielt ihre Hand an seine Stirn. „Dein Kopf ist ja ganz heiß, ich werde deine Eltern anrufen, dass sie dich abholen.“ „Nein, bitte nicht“, sagte Mirko erleichtert, denn er hatte befürchtet, dass sie ihn zur Rede stellen wollte, weil sie ihn vielleicht in der Aula beobachtet hatte. Frau Menni war sprachlos. Zum ersten Mal sprach er vor der Klasse. „Mensch, Mirko“, sagte sie, „du kannst ja reden.“ „Ja“, sagte er, „und ich möchte hier bleiben.“ „Natürlich kannst du hier bleiben“, sagte sie, „ja, bleib hier.“

Verwundert wendete sie sich den anderen aus der Klasse zu. „Lasst uns über unseren Ausflug am kommenden Dienstag sprechen.“ Mirko war froh, dass sie nicht auf ihn einredete und ihn in Ruhe ließ. Während sie mit den anderen Schülerinnen und Schülern den Ausflug in den Zoo organisierte, beobachtete Mirko sie. Nie hätte er gedacht, dass sie Geige spielen konnte. In seinen Gedanken sah er sie vor sich stehen und spielen.

Und wieder stieg in Mirko der Duft von Mandeln auf, er erinnerte sich an die Terrasse, die zum Garten führte, erinnerte sich an Vögel, die zwitscherten. Mirko war genauso süchtig nach Musik wie seine Eltern. Irgendwann hatte er einfach angefangen zu spielen und von da an hatte er wie ein Verrückter geübt, bis an irgendeiner Stelle in seinem Leben der Film gerissen ist. Doch nun war alles wieder da und Mirko wurde bewusst, dass er sich seit der Katastrophe gefühlt hatte, als würde er herumirren, wie ein Fremder auf einem fremden Planet, immer auf der Suche, doch er wusste nicht, wonach.

Nach dem Unfall war er in einem Heim gelandet und dann war er irgendwie in Toms Familie gekommen. Mirko schüttelte sich, plötzlich überfiel ihn eine unheimliche Sehnsucht nach seinem Vater, nach seinem Leben, wie es früher war, nach der Musik. Nur mit Mühe konnte er sich beherrschen. Am liebsten wäre er herausgerannt, er wollte allein sein, die Augen zumachen und sich wegträumen. Die Musik ist so ziemlich das Einzige, was von meinem Leben übrig geblieben ist, dachte er plötzlich.

Und genauso plötzlich war ihm auf einmal klar, dass er wieder Geige spielen wollte. Ungeduldig wartete er das Ende der Stunde ab. Als es klingelte, rannte er sofort wieder nach oben. Doch erst als er sich sicher war, dass ihn niemand sehen konnte, ging er vorsichtig zur Tür und drückte ganz langsam die Klinke nach unten. Sie quietschte, er hielt die Luft an, sein Herz klopfte wie wild, die Tür öffnete sich. Erleichtert atmete Mirko auf und schlüpfte schnell in den Raum hinein. Geduckt lief er nach vorne, als fürchtete er, beobachtet zu werden. Doch es war niemand da und die Geige lag noch genauso wie vorher auf der Bühne. Als er sich vergewissert hatte, dass er wirklich allein war, nahm er das Instrument, spannte den Bogen und begann zu spielen. Leise, gleichmäßige und lange Töne. Die Töne klangen rau, Mirko spürte ihre Vibration im ganzen Körper. Lange stand er selbstvergessen da und spielte und hörte auf die Töne. Kurz vor dem Klingeln packte er das Instrument ein.

In der nächsten Stunde, Mathematik bei Frau Menni, zwang er sich zuzuhören und mitzumachen. Sie zeichneten Dreiecke und berechneten deren Inhalt. Dunkel erinnerte sich Mirko an diese Sachen und versuchte zum Erstaunen seiner Lehrerin selbst, einige Dreiecke zu zeichnen und zu berechnen. Am Schluss durften sie die Dreiecke ausmalen und Mirko freute sich darüber. Mit zartem Strich, ganz genau an der Innenkante entlang, färbte er seine Dreiecke in seiner Lieblingsfarbe, blau.

„Schön“, sagte Frau Menni, die Mirko über die Schulter geschaut hatte, Mirko war zufrieden mit sich selbst und freute sich über das Lob. Zufrieden lächelte er vor sich hin.

Zu Hause warf er seine Schultasche unter die Garderobe, legte sich auf sein Bett und ließ sich in die Vergangenheit treiben. Es war ein merkwürdiges Gefühl, er war traurig und gleichzeitig auch irgendwie froh. „Mirko, komm zum Essen“, hörte er Toms Mutter rufen, sie holte ihn in die Wirklichkeit zurück. Es war nichts Besonderes, aber Mirko freute sich plötzlich, freute sich, dass er nicht allein war, dass er hier sein konnte. Überhaupt war an diesem Tag alles anders.

„Weißt du, wo Tom ist“, fragte ihn Toms Mutter. Mirko zuckte mit den Schultern, erst jetzt fiel ihm auf, dass er Tom den ganzen Tag noch nicht gesehen hatte. „Keine Ahnung“, sagte er lässig, so in der Art, wie er es immer von Tom gehört hatte, „vielleicht hängt er noch ein bisschen mit seinen Freunden rum.“ „So wird es wohl sein“, antwortete Toms Mutter und lächelte. Er grinste zurück, weil er wusste, dass sich Toms Mutter über seine Art, so wie Tom zu reden, amüsierte.

Nach dem Mittagessen überlegte Mirko, wie er es anstellen konnte, wieder auf Frau Mennis Geige spielen zu können. Dabei verging der Rest des Tages für ihn wie in Zeitlupe. Er war froh, als er endlich ins Bett konnte, und obwohl er kaum geschlafen hatte, stand er am nächsten Tag gut gelaunt auf. Er kriegte gar nicht mit, dass Tom, anders als sonst, schon ziemlich früh fertig war. Denn Mirko war mit seinen Gedanken bei den Pausen, alles drehte sich nun um sie, er wollte unbedingt wieder in die Aula schlüpfen. Natürlich war ihm klar, dass er aufpassen musste. Damit niemand Verdacht schöpfte, entwarf er einen Plan.

Ulf

Donnerstagmorgen, Viertel nach sieben.

„Los, beeil dich“, sagte Tom zu Mirko, „ich muss los, ich will auf keinen Fall zu spät kommen, sonst reißt der Meyer mir wieder den Kopf ab.“ Mirko schnappte seine Tasche. „Hey, vergesst eure Brote nicht“, rief Toms Mutter noch und rannte ihnen hinterher. Sie stopften ihre Brote in die Tasche und rannten, was das Zeug hielt.

„Was is'n los?", fragte Mirko Tom erstaunt, weil der sich sonst immer ziemlich viel Zeit ließ, um in die Schule zu kommen. „Wirst schon sehen", keuchte Tom, „nun mach schon." Auch Lene stand schon ungeduldig vor ihrer Tür und wartete, Kalle kam mit Fahrrad angeradelt und schnallte ihre Ranzen auf den Gepäckträger. „Los Leute", rief er, „bisschen Beeilung bitte." „Heute is' er dran", freute sich Tom und zwinkerte Kalle zu. „Bis später", verabschiedete er sich von Mirko, als sie in der Schule angekommen waren.

Pünktlich um fünf vor acht saß die ganze Klasse schon im Klassenzimmer, jeder auf seinem Platz, nur Ulfs Platz war leer. Jetzt warteten alle total gespannt darauf, was passieren würde, obwohl es erst kurz vor acht war, war es mucksmäuschenstill. Kalle und Tom warfen sich einen verschwörerischen Blick zu, sie blickten zu Ulfs Platz. Als die Tür aufging, atmeten einige tief durch, andere hielten die Luft an, aber was dann passierte, hätte keiner erwartet. Lässig kam Ulf herein und setzte sich, ohne sich umzuschauen, auf seinen Platz. „Verdammt", rief Kalle leise aus, Unruhe machte sich breit, hilflos schaute Kalle zu Tom. Doch leider blieb keine Zeit, um etwas zu klären, weil die Tür schon wieder aufging.

Diesmal war es Herr Meyer. So ein Mist, dachte Lene, war wohl doch nicht so eine gute Idee. „Na, meine Herrschaften", begrüßte Meyer die Klasse, „schon alle da? Na, da muss ich ja direkt mal ein rotes Kreuzchen in meinen Kalender machen", sagte er triumphierend. „Und Tom, wo ist deine Zusatzarbeit?" Tom lief ein Schauer über den Rücken, er war völlig durch den Wind und blickte verdutzt auf Meyer. „Na, du dachtest wohl, die könntest du dir sparen, weil wir heute einen Test schreiben, aber so läuft das nicht. Also, was ist jetzt?“, hakte er nach.

Tom stotterte aufgeregt, „gleich, einen Moment noch“, sagte er und wühlte in seiner Tasche. „Jetzt aber mal dalli“, Meyer machte Druck, „wir haben nicht den ganzen Vormittag Zeit.“ Lene nickte Tom zu. „Ich weiß genau, dass ich sie eingesteckt habe“, sagte er nervös. „Sechs“, unterbrach Meyer Tom und zückte sein Notenbüchlein. Alle starrten gespannt auf Tom. „Hier, ich hab sie!“, rief er plötzlich erleichtert und streckte Meyer sein Heft entgegen. „So, dann werden wir mal sehen.“ Er knallte das Heft vorne auf das Pult.

„Wer abschreibt, bekommt eine Sechs“, wendete er sich wieder an die Klasse und teilte den Test aus. Es gab zwei verschiedene Fassungen A und B, typisch für Meyer, dessen Interesse hauptsächlich darin zu bestehen scheint, Schüler fertigmachen zu wollen, dachte Jan.

Wieder war es so still in der Klasse, dass man eine Stecknadel hätte fallen hören. Alle starrten auf den Test, niemand schrieb. Was nun, arbeitete es in Kalles Kopf, wie würde Ulf sich verhalten und wie die anderen. „Warum ist der Ulf überhaupt hier, ich weiß genau, dass ich den Wecker zwei Stunden nachgestellt habe“, raunzte er Lene zu. Zuerst hatte Ulf ihnen die Fische in seinem Aquarium gezeigt, dann seine Steinsammlung. Außerdem hatte er noch eine ganz beachtliche Sammlung von

Computerspielen, das hätte Kalle nie erwartet, zumal Ulf Tom und Kalle beim Spielen voll abgezogen hatte. Schließlich hatte er ihnen auch noch ein paar Sachen für Englisch erklärt und als Ulfs Mutter ihn nach unten gerufen hatte, hatten sie schnell seinen Wecker umgestellt. „Ich bin mir ganz sicher", flüsterte er noch einmal zu Lene.

„Vorsicht, meine Herrschaften, letzte Verwarnung." Der Meyer ist ein richtiger Depp, dachte Tom, vor der letzten Verwarnung kommt doch wohl erst mal die erste Verwarnung und als er dann noch beobachtete, wie Meyer in seinem Heft rumschmierte und mit dem Kopf schüttelte, stand sein Entschluss fest. Er nahm sich vor, eine Sechs zu schreiben, koste es, was es wolle. Entschlossen legte er los, was er wusste, schrieb er falsch und was er nicht wusste, würde sowieso falsch sein, dachte er. Nun war das Eis gebrochen, auch die anderen fingen an zu schreiben.

Das mit Ulf war ja wohl nichts, ich bin gespannt, überlegte Felix, wie viele kneifen, trotzdem entschied auch er sich für die Sechs. Nach kurzer Zeit schrieben alle wie die Verrückten, jemand schüttelte seine Hand aus, schließlich hatte der Meyer es ziemlich gut mit der Menge der Aufgaben gemeint. „Darf ich mal aufs Klo?", fragte Ulf. Irritiert erlaubte es Herr Meyer. Einem anderen hätte er das nie erlaubt, dachte Jan. Als es klingelte, gab jeder ab. Keiner sagte ein Wort und völlig bedröppelt schlichen alle nach draußen. Als sie außer der

Reichweite von Meyer waren, brach Lene endlich das Schweigen. „So ein Schwein“, sagte sie.

„Wer“, fragte Jan, „der Meyer oder der Ulf?“ „Der Meyer natürlich, der Ulf ist halt so, wie er eben ist, wahrscheinlich wacht der sowieso schon immer um fünf auf, damit er noch ein bisschen lernen kann, bevor er in die Schule geht.“ „Wäre ja auch schrecklich, mal nicht der Beste zu sein“, stöhnte Tom. „Aber jetzt mal raus mit der Sprache, was habt ihr geschrieben? Heißt es nicht go goes going?“, fragt Lene naiv. „Nein“, legte Felix nach, „es heißt go gone gone.“ Schnell war klar, dass von ihnen niemand gekniffen hatte, aber wie es mit den anderen aus der Klasse stand, wusste natürlich keiner. „Lassen wir uns überraschen“, sagte Kalle, „meine Eltern wissen eh schon, dass ich in Englisch eine Null bin.“

Plötzlich kam Ulf um die Ecke, etwas unsicher lief er auf sie zu. „Komm, hau ab, du Pfeife“, sagte Kalle, „hast uns ja schön reingelegt“. Da platzte Ulf der Kragen.

„Was heißt hier eigentlich reingelegt“, legte er auf einmal los. „Ihr seid doch wohl das Letzte, meint ihr, ich bin blöd? Als ihr gestern bei mir ankamt, wusste ich schon längst, worum es geht, weil ich mitgekriegt habe, wie ihr mit den anderen den Plan ausgeheckt habt. Aber mich hat natürlich keiner gefragt, ob ich mitmache“ – verdutzt schauten sich Lene, Tom, Kalle, Jan und Felix an – „jeder denkt immer nur, ich sei ein elender Streber“, „Superhirn“, warf Kalle ein. „Ach, lass doch, ich find das echt nicht witzig“, sagte Ulf, „ihr habt mich reingelegt, total fies. Den Mist mit dem Lernen hab ich euch nämlich nie abgekauft, war euch doch eh egal, was ihr schreibt. Schade, dabei hat das Spielen echt Spaß gemacht."

Traurig blickte Ulf Kalle ins Gesicht. „Aber dann", holte er wieder aus, „habt ihr meinen Wecker verstellt, das ist eine Riesensauerei und ihr ward auch noch so blöd zu denken, dass ich nicht merken würde, wie ihr euch in mein Vertrauen schleichen wolltet. Bisschen gucken, bisschen spielen – tolle Fische, Mann, hast du rumgeschleimt, Tom, dabei war das das Aquarium von meinem Vater, ich finde Fische nämlich todlangweilig, das ist so ziemlich das Ödeste, was ich mir überhaupt vorstellen kann. Nicht mit mir, Leute, ihr seid so richtige Arschlöcher, und den Meyer konnte ich übrigens auch noch nie leiden. So, und jetzt könnt ihr mich mal." Ulf drehte sich auf dem Absatz um und ging weg.

„Was war'n das?", fand Felix nach einer Zeit als erster wieder die Sprache. „Keine Ahnung", sagte Lene, „aber auf jeden Fall haben wir den gründlich unterschätzt." „Stimmt", sagte Jan, „jetzt können wir nur noch hoffen, dass er uns nicht verpfeift." „Ach du meine Güte, daran hab ich noch gar nicht gedacht, das kann ja noch lustig werden, sollen wir denn noch mal mit Ulf reden?", fragte Tom. „Ich weiß nicht", Lene zog die Schultern hoch, „ich glaube, wir sollten erst einmal abwarten."

„Hey, da ist Mirko", sagte Tom plötzlich. „Mensch, was ist denn mit euch los", fragte Mirko, „wie seht ihr denn aus?" Keiner von Toms Freunden antwortete, alle schauten sie Mirko fragend an, sie hatten ihn bisher noch nie reden gehört. „Hallo, jemand zu Hause!?“, sagte Mirko nochmal und grinste, „habt ihr die Sprache verloren?“ „Ja, äh, irgendwie schon, hast du deine irgendwo gefunden?“, fragte Kalle. „Ja“, antwortete Mirko, „genau, ja, ich glaube ich hab sie wiedergefunden.“ „Klasse“, schrie Kalle und schmiss sich auf Mirko, der sofort umfiel und loslachte. „Du“, sagte Mirko nach einer Weile zu Tom gewandt, „ich hab eine drei in Mathe bekommen.“ Tom konnte es kaum fassen. „Mensch, Kleiner“, schubste er ihn, „aus dir wird ja noch mal was.“ Mirko war total froh.

Nun mal raus mit der Sprache

Also, irgendwann muss es ja mal raus, dachte Tom, deshalb legte er beim Abendessen die Karten auf den Tisch.

„Ich glaube, das nächste Schuljahr werde ich wohl nicht schaffen, ich bleibe sitzen. Wir haben einen Test in Englisch geschrieben und ich bin sicher, dass ich den in den Sand gesetzt habe.“

„Ach Mensch, Tom“, sagte seine Mutter, „warum hast du denn nichts gesagt, wir hätten doch zusammen lernen können.“ „Nee, ich glaube, das hätte auch nichts genutzt“, sagte Tom, „der Meyer hat mich auf dem Kieker, ich weiß ja auch nicht warum, der macht mich immer fertig, egal, was los ist. Er findet immer irgendetwas, der ist so richtig blöd."

„Was soll denn das heißen?", schaltete sich Toms Vater jetzt ein, „niemand ist einfach blöd." „Doch", sagte Tom trotzig, „der Meyer schon. Als Lene und ich nur ein paar Minuten zu spät kamen, hat er voll den Aufstand gemacht und dann hat er noch einen Zettel von uns abgefangen und vor der ganzen Klasse vorgelesen." „Okay, das war nicht gerade fair", sagte Toms Vater, „aber überleg mal, ihr habt ihm ja auch die Gelegenheit dazu geboten. Zu spät kommen und Zettelchen schreiben, das war bei uns auch nicht erlaubt und ich bin sicher, dass das heute ganz bestimmt nicht anders ist." „Ja, aber trotzdem", sagte Tom, „seine Art, der ist immer so ironisch, so von oben herab. Bei dem Meyer fühle ich mich wie ein kleiner Idiot und den anderen geht es genauso, nur dem Ulf wahrscheinlich nicht, dem geht es nur um gute Noten."

„Ich weiß nicht, ob das stimmt, mit dem Ulf, das kann ich nicht beurteilen, aber mit deinem Lehrer können wir doch mal reden. Du musst uns nur versprechen, dass du dich wenigstens bemühst, du weißt schon, was wir meinen." „Ja, aber da ist noch ...", druckste Tom herum. „Nun mal raus mit der Sprache", sagte Toms Vater, „was ist los? Du verschweigst uns doch was." „Also, wenn ihr zu ihm geht, das ist nicht so einfach, also, äh, na ja, wir haben da so was gemacht." „Wie, was gemacht?", fragte Toms Mutter. „Na ja, ihr dürft aber nicht böse sein, wenn ich es erzähle, ok?" Fragend schaute er seine Eltern an, seine Mutter nickte mit unbeweglichem Gesicht. „Also, ähm, na ja, wir wollten ihm eins auswischen." „Wie, wem wolltet ihr eins auswischen?" „Na dem Meyer halt, weil der immer so fies ist, er macht auch die anderen aus der Klasse immer total fertig. Ich glaube, der kann Schüler überhaupt nicht leiden, der hasst uns."

„Ich versteh noch immer nichts", Toms Mutter runzelte die Stirn. „Also, wir haben abgemacht, dass wir alle eine Sechs im Test schreiben." „Was?", als ob er nicht kapiert hätte, was Tom eben gesagt hatte, wiederholte Toms Vater, was Tom gerade gesagt hatte. „Ihr habt alle eine Sechs geschrieben? Woher weißt du das denn?" „Na ja, so ganz genau weiß ich es ja nicht", sagte Tom, „aber wir hatten es so abgemacht. Jeder wollte mitmachen und einfach alle Fragen und Aufgaben falsch beantworten, um dem Meyer einen Denkzettel zu verpassen."

„Was heißt da: Wollte?", fragte Toms Vater wieder nach. „Nun, bei Ulf waren wir uns nicht so sicher", sagte Tom, „deshalb waren Kalle und ich bei ihm und haben seinen Wecker verstellt, damit er verschläft. Aber plötzlich, als wir alle auf Meyer warteten, ging die Tür auf und der Ulf kam hereinspaziert. Außerdem ist er auch noch ziemlich sauer auf uns, weil wir ihn reingelegt haben." „Na, da bin ich ja mal gespannt", sagte Toms Mutter, „wie das ausgeht. Ich kann mir vorstellen, dass bestimmt einige, als sie Ulf gesehen haben, von ihrem Plan, eine Sechs zu schreiben, abgewichen sind, und auch der Ulf wird wahrscheinlich eine gute Arbeit geschrieben haben. Warum sollte der auch bei euch mitmachen, wenn ihr ihn so gemein reingelegt habt." „Ja, ich weiß", sagte Tom, „irgendwie ist die Sache schon etwas in die Hose gegangen." „Jedenfalls ist klar, dass ihr das wieder ins Lot bringen müsst, und wir müssen wirklich mal mit den anderen Eltern reden, ob dieser Herr Meyer wirklich so schlimm ist, wie du sagst. Es kann ja wohl nicht sein, dass er die Klasse dermaßen unter Druck setzt!"

„So", Toms Vater schnipste einen Brotkrümel mit dem Finger weg, „aber trotzdem heißt das nicht, dass du nicht lernen musst. Denn das mit dem Sitzenbleiben muss ja nicht unbedingt sein, vielleicht lässt sich da doch noch was machen! So schnell muss man doch nicht aufgeben", sagte Toms Vater streng. „Is' ja gut", wehrte Tom ab und verdrehte die Augen, „wisst ihr übrigens schon, dass Mirko eine drei in Mathe bekommen hat?", versuchte er das Thema zu wechseln, was ihm mühelos gelang.

„Was, und das sagt ihr erst jetzt? Das ist ja prima. Mensch, Mirko, ich wusste immer, dass du es schaffen wirst. Das müssen wir feiern. Los, du darfst dir was wünschen", Toms Mutter strahlte Mirko an, „such dir was aus, du hast es verdient." Mirko überlegte. „Ich weiß nicht, wieso verdient, mir ist halt einfach was eingefallen", sagte er. „Ach komm, Mirko, jetzt tu mal nicht so, wir haben uns ganz schön Sorgen gemacht, dein Start hier war alles andere als einfach und du weißt das genau!" Toms Mutter legte ihren Kopf schief und schaute Mirko an. „Wollen wir vielleicht ein Eis essen gehen?", Mirko schaute in die Runde. „Abgemacht, genau das machen wir, das ist eine gute Idee, lasst uns einfach noch mal raus zur Eisdiele gehen, aufräumen können wir später." Toms Mutter stand auf und Tom wunderte sich über seine Mutter, die ihn in letzter Zeit immer wieder überraschte, weil sie plötzlich so ganz anders reagierte, als er es von ihr kannte.

„So", fing sie in der Eisdiele das Gespräch wieder an, „ich muss mit euch reden." Gespannt schauten alle zu ihr. „Wir bekommen Besuch von Oma und ich habe es nicht über das Herz gebracht, ihr zu sagen, dass sie im Hotel übernachten muss, was machen wir jetzt? Wer hat eine Idee?" Und schon wieder wunderte sich Tom, normalerweise würden seine Eltern ihn nie fragen, was sie machen sollten, aber seit Mirko da war, schien sich einiges verändert zu haben. Tom grinste. „Also, wenn ihr mich fragt", sagte er, „ich finde, dass Mirko ruhig für eine Weile zu euch ins Schlafzimmer ziehen kann, für ein paar Tage macht ihm das bestimmt nichts aus, wärst du denn auch damit einverstanden, Mirko?" „Spinnst du?", fragte Mirko, „das mach ich nie."

„Also, dann können wir ja Oma fragen, ob sie bei uns in der Mitte liegen will", sagte Toms Vater. Jetzt lachte Tom. „Wenn du nichts dagegen hast, Mirko, dann zieh doch einfach für die paar Tage zu mir ins Zimmer, ok?", sagte er. „Abgemacht, ich bin einverstanden", Mirko fiel ein Stein vom Herzen, weil er auf keinen Fall ins Schlafzimmer ziehen wollte, „ich find das gut, wirklich, gut!", sagte er.

Wohngemeinschaft

Am nächsten Tag griff sich Mirko seine Sachen und zog zu Tom ins Zimmer. „Ich brauche eh keinen Platz", sagte er, „ich hab ja nicht viel, außerdem gefallen mir deine Klamotten sowieso viel besser als meine." Früher hätte Tom sich nie vorstellen können, irgendjemandem seine Sachen auszuleihen, aber bei Mirko war das anders, er mochte ihn mittlerweile richtig gerne. Als sie am Abend im Bett lagen, unterhielten sie sich noch ein bisschen. „Mirko", sagte Tom, „du hast immer noch nichts über dich erzählt, jetzt mal ehrlich, was ist mit deinen Eltern passiert, wieso bist du ins Heim gekommen?"

„Meine Eltern sind tot, sie können nichts mehr für mich tun." Tom schluckte. „Meine Mutter ist schon gestorben, als ich auf die Welt gekommen bin, und mein Vater, ja, der ist bei einem Unfall gestorben. Tom, ich will nicht so gerne darüber reden, irgendwann vielleicht mal, aber jetzt ...." „Ok", sagte Tom. Er verstand, dass das eigentlich kein Thema für ein gemütliches Gespräch im Bett war. „Ich bin froh, dass meine Eltern noch da sind, auch wenn sie mich manchmal tierisch nerven", sagte er, „und ich find's klasse, dass du da bist." Mirko lächelte. „Ich hab einen Bärenhunger, könnte schon wieder was essen. Komm, lass uns mal schauen, ob noch etwas Schokolade im Schrank ist, die können wir dann im Bett futtern", sagte er. „Super Idee", sagte Tom und wollte aufstehen. „Ich geh schon", sagte Mirko, sprang aus dem Bett und schlich nach unten. Kurz darauf war er wieder mit einer Tüte Chips da. „Es war nur Zartbitter da, die mag ich nicht, deshalb hab ich die hier mitgebracht." „Mhmm", sagte Tom und riss die Tüte gleich auf, „Paprikachips, das sind einfach die besten." „Wie im Kino", sagte Tom zufrieden, „lecker, fehlt nur noch der Film."

„Du, das mit dem Meyer finde ich ganz schön mutig von euch, hoffentlich haben viele mitgemacht", sagte Mirko. „Ja, das wäre klasse", antwortete Tom, erleichtert, dass sie jetzt über etwas anderes reden konnten. „Wer weiß, vielleicht haben die anderen sich ja doch an die Abmachung gehalten, wenigstens die Hälfte der Klasse wäre schon gut, dann müsste er die Arbeit wiederholen und dann müsste das immer so weiter gehen, bis er völlig entnervt wäre." Sie redeten noch ein bisschen, doch nach einer Weile hörte Tom das gleichmäßige Atmen von Mirko. „Schlaf gut", sagte er und drehte sich auch auf die Seite.

Bis später

Am Morgen wurde Mirko schon um sechs Uhr wach, alles war noch still. Mirko konnte nicht mehr schlafen, er war total aufgedreht. Leise stand er auf und nahm sich vor, möglichst früh in der Schule zu sein, damit er sich noch ein bisschen umschauen konnte. Unten in der Küche hörte er ein Klappern und erschrak. Dabei stolperte er über das Kabel von der Lampe, die mit einem Rumms auf den Boden fiel. „Mensch, es ist doch noch viel zu früh“, meckerte Tom, doch Mirko war nicht zu bremsen. „Schlaf noch ein bisschen weiter“, sagte er zu Tom, hob die Lampe wieder auf, suchte sich seine Klamotten zusammen und ging ins Bad. Als er nach unten kam, saßen Toms Eltern schon am Tisch.

„Schon da?“, fragte Toms Vater, „was ist mit Tom?“ „Vielleicht hat er heute später, jedenfalls lag er eben noch im Bett.“ „Ach du meine Güte, von wegen, Tom, aufstehen!“, rief Toms Mutter, „du hast verschlafen.“ Mirko verschlang schnell seine Cornflakes, er wollte noch vor dem Unterrichtsbeginn in der Schule sein und drängelte Tom, als er endlich unten war. „Nun mach schon, ich will nicht zu spät kommen.“ Tom zuckte mit den Schultern, schnappte sich noch ein Brot und schon stürmten sie aus dem Haus.

„Bis später“, verabschiedete Mirko sich vor dem Eingang der Schule von Tom und raste nach oben ins Foyer vor der Aula. Dort schaute er sich um. Die vielen Schaukästen und Vitrinen waren ihm am Tag vorher gar nicht aufgefallen. In einigen Vitrinen waren Kunstwerke ausgestellt, merkwürdige Skulpturen aus Ton, Robotermenschen aus Metallteilen, Federn und allerlei Krimskrams zusammengeschraubt, in einer anderen Vitrine standen Pokale. An einer Wand hingen Pinnwände mit Informationen über die Probentermine des Schulchors und des Schulorchesters. Mirko staunte, er hatte bisher noch gar nicht mitgekriegt, dass es an dieser Schule so etwas gab.

Als er den ersten Gong hörte, beeilte er sich, damit er nicht zu spät zum Unterricht kam. Im Gegensatz zu früher kam ihm alles ganz anders, viel leichter vor. Er konnte zuhören und verstand sogar etwas. In Deutsch lasen sie eine Geschichte über einen Jungen und seinen Vater, der immer allerhand merkwürdige Tiere mit nach Hause brachte, die entweder starben oder abhauten. Am meisten beeindruckte Mirko die riesige weiße Eule, die alles voll kleckste. Als es besonders spannend war, brach Frau Menni die Geschichte ab und sagte, sie sollten sich ausdenken, wie die Geschichte weitergehen könnte. Mirko überlegte nicht lange und entschied sich dafür, dass das nächste Haustier in seiner Fortsetzung eine Schildkröte sein sollte. Er nannte sie Susa und ließ sie von dem Jungen in der Geschichte so dressieren, dass sie mit einem Ball kicken konnte. So richtig viel fiel ihm zwar nicht ein, aber er war trotzdem ganz zufrieden mit sich, denn das Schreiben war noch nie seine Sache gewesen.

Mitten in seine Geschichte vertieft, schreckte er plötzlich auf, weil Olaf ihm sein Heft weggerissen hatte und mit einer nachgemachten Babystimme begann, seine Geschichte laut vorzulesen. Dabei ließ er nicht einen Fehler aus, Mirko hätte vor Wut am liebsten geheult. Die anderen aus der Klasse lachten, nur Gülli stellte sich vor Olaf und schrie ihn an. „Olaf, du bist ein Schwein", schrie sie, „gib Mirko sein Heft zurück und kümmere dich lieber um deine eigenen Sachen, wer weiß, was du geschrieben hast, du Idiot." „So jetzt ist aber Schluss", schaltete sich Frau Menni ein. „Was ist hier los?"

„Olaf hat Mirkos Heft geklaut, um sich über ihn lustig zu machen", antwortete Gülli sauer. Mirko war wie gelähmt, er schämte sich und ärgerte sich über Olaf, weil der immer auf ihm herumhackte, aber am meisten überraschte ihn, dass Gülli ihm zur Hilfe gekommen war.

Bis jetzt war sie ihm noch nicht einmal aufgefallen. „Olaf, jetzt reicht's aber, hör endlich auf damit, andere aus deiner Klasse zu ärgern. Wieso fängst du immer wieder damit an?", fragte ihn Frau Menni, „was hat dir Mirko eigentlich getan?" „Er ist ein Schleimer", sagte Olaf trotzig.

„Ein Schleimer, bist du bescheuert?", fragte Gülli, „Mirko hat hier so viele Sechsen abkassiert, so viele würdest du nicht einmal in drei Jahren schaffen", sagte sie. „Na, na", Frau Menni schüttelte mit dem Kopf, „ihr wisst alle, dass es hier in dieser Klasse nicht unbedingt auf die Noten ankommt, wichtig ist, dass ihr die Sprache lernt und lernt, euch etwas zuzutrauen, und ich glaube nicht", wendete sie sich wieder an Olaf, „dass deine Art, andere bloßzustellen, in diesem Zusammenhang hilfreich ist. Jeder hat hier das Recht zu lernen und zwar auf seine Art und in seinem Tempo, verstehst du? Dass Mirko endlich mitmacht und schreibt, ist gut, und du wirst es gefälligst unterlassen, ihn zu ärgern, und bis morgen schreibst du bitte einmal auf, wieso du ihn so gerne hänselst. Ich versteh das nicht, stell dir doch einmal vor, wie es wäre, wenn Mirko immer auf dir herumhacken würde." Während Frau Menni so sprach, schaute Mirko verstohlen zu Gülli hinüber, irgendwie war er fast ein bisschen froh, dass Olaf so doof gewesen war, denn sonst wäre er niemals auf sie aufmerksam geworden. Gülli grinste. Zu Beginn der Pause ging Mirko an ihrem Tisch vorbei. „Danke!", war aber alles, was er rausbrachte.

„Is' schon ok", antwortete sie und ging bei ihrer Freundin untergehakt hinaus. „Trotzdem", sagte er, aber das hörte sie schon nicht mehr.

Mirko fiel ein, dass er schnell zur Aula rennen musste, bevor die Aufsicht kommen konnte, um ihn nach unten zu schicken. Doch als er es endlich geschafft hatte, unbemerkt dorthin zu kommen, und die Tür öffnen wollte, merkte er, dass sie abgeschlossen war. So ein Mist, dachte er und drehte sich um, weil er etwas hörte. Es gelang ihm gerade noch, hinter die Vitrine an der Seite zu schlüpfen, denn plötzlich sah er Frau Menni mit einem Kollegen die Treppe heraufkommen.

Mirko hielt die Luft an. Hoffentlich erwischen sie mich nicht, dachte er, sein Herz klopfte so laut, dass er dachte, sie müssten es hören. Doch sie beachteten Mirko nicht, gingen auf die Tür zu, schlossen auf und waren verschwunden.

Mirko hörte, wie die Geige gestimmt wurde, dann ging es los. Der Kollege begleitete Frau Menni auf dem Klavier. Mirko war begeistert, er kannte das Stück nicht, wollte es aber unbedingt spielen. Bis zum Klingeln lauschte er an der Tür. Als er die anderen Schüler im Treppenhaus hörte, rannte er schnell zu seiner Klasse. Traurig lehnte er sich gegen die Wand und überlegte. Es war ihm klar, dass es so nicht weitergehen kann, aber er traute sich nicht zu sagen, dass er Geige spielte, hatte Angst, dass man ihn auslachen würde, weil er nicht so gut spielte, denn es reichte ihm schon, dass Olaf keine Gelegenheit ausließ, ihn fertig zu machen. Er nahm sich vor, eine Zeitlang heimlich zu üben, und hoffte, dass die Tür nicht immer verschlossen sein würde.

Und dann, wenn er sich wieder etwas sicherer fühlen würde, würde er sich auch trauen vorzuspielen. Und dann ... Mirko träumte vor sich hin, bis plötzlich jemand eine Papierkugel auf ihn warf. Es war Olaf. Oh nein, dachte Mirko, nicht schon wieder, aber Olaf verstreute die Dinger in der ganzen Klasse und so war klar, dass er einfach mal wieder den Laden ein bisschen aufmischen wollte. Ein komischer Typ, dachte Mirko, und warf das Kügelchen einfach zurück. Da grinste Olaf Mirko an. Wahrscheinlich hat er es gar nicht auf mich abgesehen, dachte Mirko, er ist einfach nur ein bisschen doof.

„Die letzte Stunde fällt heute aus“, sagte Frau Menni am Ende der Stunde, „wenn ihr wollt, könnt ihr in der Bücherei eure Hausaufgaben machen. Thorsten, das ist der Zivi, der in der Schulsozialarbeit mitarbeitet, kann euch helfen, er hat heute Mittag Dienst.“ Eigentlich hätte Mirko gerne mit Thorsten ein bisschen Deutsch geübt, aber er wollte zuerst schauen, ob er in die Aula konnte. Deshalb packte er schnell seinen Ranzen und ging los.

Mirko hatte Glück. Die Tür von der Aula war offen und so konnte er fast eine Stunde spielen, ohne dass es jemand bemerkte. Auf dem Heimweg summte er vor sich hin, lange schon war er nicht mehr so zufrieden. Er merkte gar nicht, dass er auch noch summte, als er zur Haustür hineinging. Erstaunt drehte sich Toms Mutter um. „Du singst?", fragte sie, „das klingt schön, was ist das für eine Melodie?" „Ach", sagte Mirko, „sie geht mir im Kopf herum, ich kenne sie von früher." Toms Mutter sagte nichts darauf, wusste aber, dass Mirko zum ersten Mal, seit er bei ihnen wohnte, etwas von früher erwähnte.

Lass ihn, dachte sie für sich, bloß nicht bohren. Es fiel ihr sehr schwer. Während Mirko seine Hausaufgaben machte, backte sie einen Kuchen, weil ihre Mutter am nächsten Tag zu Besuch kommen wollte. Sie konnte sich schon vorstellen, was ihre Mutter sagen würde, wenn sie ankam: Ach Kindchen, schön bei euch, wir haben uns ja so lange nicht gesehen, meine Güte, Tom, bist du gewachsen. Und ausnahmsweise würde ihre Mutter diesmal recht damit haben, denn Tom hatte wirklich einen ziemlichen Schuss gemacht.

Dann dachte sie an die Sache mit dem Englischlehrer. „Sag mal, Tom", sagte sie zu ihm, als er wenig später zur Küchentür reinschaute, „wie war es denn eigentlich heute mit Herr Meyer?" „Haben wir erst morgen", antwortete er, klaute sich ein paar Apfelschnitze und haute schnell ab, bevor seine Mutter weiter fragte. Wenn sie in Backlaune war, war sie immer sehr gesprächig. Manchmal hatte Tom das gerne, aber heute war ihm nicht danach. Ihm wäre es am liebsten, wenn der Meyer das Handtuch schmeißen würde. Oben machte Mirko seine Hausaufgaben. „Komm, wir gehen kicken“, schlug Tom vor. „Moment noch“, sagte Mirko, „kannst du mir schnell helfen, ich habe mindestens tausend Fehler.“ „Ok“, sagte Tom und las: *Dann brachte Vater eine Schildkröte mit ....* „Was hast du denn da geschrieben?“, fragte Tom und las weiter. „Tolle Geschichte“, sagte er, als er fertig war, wie bist du da drauf gekommen, hast du schon mal eine Schildkröte dressiert?“ „Nö“, antwortete Mirko, „aber ich habe es mir immer gewünscht.“

Von dir hätte ich das nicht gedacht

„Also, ich verstehe das nicht, was ist denn in euch gefahren, die ganze Klasse, fast die ganze Klasse“, sofort wanderten alle Blicke zu Ulf, der keine Miene verzog, „hat versagt.“ „Nichts, da ist überhaupt nichts, ihr könnt gar nichts. Jani, sechs“, begann er wütend, die Hefte auszuteilen, „Franzi, Isabelle, Arne und Jennifer auch eine sechs. Ich bin fassungslos, wieso habt ihr nicht gelernt? Der Test war doch bekannt; Present tense, Present continuous, das sind doch keine Geheimnisse. Na ja“, Meyer schleuderte Toms Heft auf den Tisch, „von dir hätte ich auch nichts anderes erwartet, sechs. Lene, du auch und Kalle und Felix selbstverständlich auch. Ich werde eure Eltern bestellen, so geht es jedenfalls nicht weiter, ihr habt doch nur Flausen im Kopf", drohte Meyer mit gepresster Stimme.

„Nun kommt das kleine Wunder", säuselte er plötzlich mit freundlichem Tonfall, „aber leider genügt es nicht, um die Sache hier rauszuhauen", Meyer stellte sich direkt vor Alex, der einen knallroten Kopf bekam. „Alexander", verkündete er, als gehe es um ein Weltwunder, „hat eine Zwei geschrieben. Weiter so, die war ja nun wirklich mal fällig." Doch der Jubel blieb Alex im Halse stecken. „So ein Großmaul", raunzte Kalle Felix zu. „Nur kein Neid", reagierte Meyer sofort, „mit ein bisschen Fleiß kann man so manches hinbekommen.

Sechs, sechs, fünf", kopfschüttelnd teilte Meyer die anderen Hefte aus. Als er vor Ulf stehen blieb, hielt die ganze Klasse die Luft an. „Ulf, wie konnte das passieren?", sagte Meyer dramatisch, „vier minus, das ist das schlechteste Ergebnis deiner ganzen Schullaufbahn. Das hätte ich nie von dir erwartet." Ungerührt nahm Ulf sein Heft entgegen. „Ich hab das einfach nicht verstanden", sagte er, „es geht alles immer so schnell im Unterricht." „Schnell?", Meyer zuckte zusammen. „Jedenfalls passiert das nicht noch einmal", sagte er. „So nicht! Nächste Woche wird der Test wiederholt und dann Gnade euch ..." Ulf meldete sich zu Wort. „Herr Meyer, sie haben hier einen Fehler übersehen." „Übersehen", wiederholte Meyer fast hysterisch und beugte sich über Ulfs Arbeit. „Hier", sagte Ulf, „es muss sitting heißen, sit ist falsch."

„Aha, und woher weißt du das plötzlich, in der Arbeit wusstest du es doch auch nicht. Ich glaube hier stinkt's, und zwar ganz gewaltig. Irgendwas ist doch faul hier in dem Laden. Du willst wohl auch eine fünf, Ulf, aber den Gefallen werde ich dir jetzt nicht tun. Noten dürfen nicht nachträglich zum Schlechteren hin verändert werden. Ich will mit deinen Eltern sprechen, sag ihnen, dass sie sich bei mir melden sollen. Und jetzt wird gelernt."

Plötzlich hörte man ein Schluchzen, alle schauten zu Jennifer. Jani beugte sich zu ihr und tröstete sie, auch Lene und Franzi beugten sich zu ihr herüber. „Das hättest du dir vorher überlegen können", fuhr Meyer barsch dazwischen, Schluss mit dem Geheule." „Herr Meyer, sie sind wirklich gemein", sagte Franzi. „Wieso bin ich gemein, wenn ihr versagt? Das ist doch wirklich eine Unverschämtheit, ich lasse mir das nicht länger bieten. Hefte raus." Während Meyer diktierte, krochen die Zeiger der Uhr ganz langsam dem Ende der Stunde entgegen. Endlich klingelte es zur Pause. Sofort drängelten sich alle nach draußen und auf dem Schulhof bildete sich eine Traube um Ulf.

„Ulf", fing Kalle an, „das tut mir wirklich leid, ich wusste nicht, dass du mitmachen würdest, ehrlich." „Ja", antwortete Ulf, „du dachtest halt, ich bin ein Schleimer und Streber, is' schon ok, ich weiß Bescheid." „Gar nichts weißt du", sagte Tom, „spiel hier nicht den Eingeschnappten, schließlich hast du uns genauso auflaufen lassen. Wenn du wusstest, was wir vorhaben, warum hast du uns dann nicht gesagt, dass du mitmachst. Stattdessen kommst du einfach zur ersten Stunde, als ob alles normal wäre. Mir ist fast das Herz in die Hose gefallen."

„Ach verdammt", sagte Ulf, „mir ja auch, aber ich finde den Meyer einfach ätzend und außerdem wusste ich wirklich noch nicht, dass ich mich trauen würde, eine schlechte Note zu schreiben. Dabei war das ganz einfach", lachte Ulf, „ich habe immer das Gegenteil von dem geschrieben, was Meyer wollte." „Typisch Professor", sagte Lene, „sogar schummeln tut er mit Köpfchen." „Wie geht es jetzt weiter?", fragte Tom. „Also, im nächsten Test schreiben wir wieder alle daneben, aber Vorsicht, der Meyer darf das nie rauskriegen", sagte Ulf. „Dann muss er die Arbeit genehmigen lassen und spätestens jetzt stehen unsere Eltern auf der Matte."

„Meinst du, das klappt?", fragte Arne. „Klar", sagte Ulf, „aber vielleicht ist es gar nicht so dumm, wenn einige von uns eine bessere Note schreiben, damit niemand Verdacht schöpft." „Wo ist eigentlich Alex", fragte Felix. „Komm, lass ihn", sagte Lene. „Ich glaube, so wie ihm ging es vielen von uns am Donnerstag. Als Ulf reinkam, wusste doch keiner mehr, ob er die Sache durchziehen sollte." „Bin ich wirklich so schlimm?", fragte Ulf. „Ehrlich gesagt, bist du noch viel schlimmer", sagte Kalle, „konnte ja keiner ahnen, dass du Mumm hast, du redest sonst ja überhaupt nie mit so normalen Sterblichen wie uns."

„Ich dachte, ihr findet mich blöd, ich hab mich nie getraut, euch zu fragen, ob ich bei euch mitmachen darf.

Gewünscht habe ich es mir mindestens tausendmal." „Also das wär ja jetzt geklärt", sagte Lene, „du gehörst zu uns, abgemacht." Lene schaute in die Runde und alle nickten.

„Na, da habt ihr ja ein dolles Ding gedreht", wurden sie nach der Pause von ihrem Sportlehrer begrüßt, „der Meyer ist fix und fertig, Ulf, was war denn los?" Ulf zuckte mit den Schultern, „wir ham's halt nicht kapiert", sagte er lässig, als wäre das die normalste Sache auf der Welt. „Mir könnt ihr's doch erzählen", sagte der Sportlehrer kumpelhaft, aber alle hielten dicht. „Gut", kommentierte er eingeschnappt ihr Schweigen, „Waldlauf, zack."

„Typisch Lehrer", keuchte Kalle, „wenn die sauer sind, lassen sie's immer an den Schülern aus." „Ist doch klasse", lachte Lene, die ein Ass in Leichtathletik war, „rennen ist doch immer noch besser als kicken." Kalle verdrehte die Augen.

Träumst du?

Die nächste Woche verlief relativ normal, bis auf die Tatsache, dass Toms Oma Helene zu Besuch da war. Helene machte Frühstück, kochte, lachte und hatte immer tolle Ideen, was man machen könnte. Sie organisierte ein Picknick im Wald und eine Fete, für die sie den Keller kurzerhand ausräumte. „Seid ihr noch nie auf die Idee gekommen, das ist doch ein richtiger Partyraum", sagte sie, „und außerdem kann ich dann später mit meinen sieben Sachen hier unten hausen", sie zwinkerte mit den Augen. „Eine prima Idee", Toms Mutter war begeistert. Mirko zog also wieder in das ehemalige Gästezimmer und Helene bekam den Keller. Beim Streichen halfen alle mit. Tom trommelte seine Freunde zusammen, die gerne halfen, weil Helene niemals Langeweile aufkommen ließ. Mirko schloss sie sofort in sein Herz. Seine Großmutter war unheimlich alt gewesen, sie war lieb, machte aber alles nur in Zeitlupe. Meistens saß sie im Sessel und lächelte vor sich hin. Ganz das Gegenteil von Toms Oma.

In der Schule schlich sich Mirko, wann immer es ging, in die Aula, doch nicht immer klappte es. Mal war die Tür verschlossen, mal sah er, wie Frau Menni die Geige mit nach Hause nahm. Trotzdem merkte er, wie er langsam wieder süchtig nach dem Geigenspielen wurde. Bald fanden seine Finger fast wieder von alleine den richtigen Platz auf dem Griffbrett und Mirko fand, dass es schon ganz gut klang. Doch die Zeit war ihm einfach zu wenig. Er wollte am liebsten seine Augen zumachen und spielen. Noch flinker, feiner und sicherer. Er liebte das Gefühl, wenn er eine schwierige Stelle hinkriegte. Manchmal kam es ihm so vor, als ob das Instrument von alleine zu singen anfing, wenn er darauf spielte, alles andere wurde dann unwichtig, war wie weggeblasen.

Aber je öfter Mirko sich in die Aula schlich, um heimlich auf Frau Mennis Geige zu spielen, desto unzufriedener wurde er. Wie komme ich bloß an eine Geige, zerbrach er sich den Kopf. Natürlich könnte ich mit Toms Eltern darüber reden, überlegte er, aber das ging irgendwie nicht. Geige spielen, das ist das Einzige, was ich wirklich kann, dachte er –

„Hey, Mirko!“, wurde er plötzlich aus seinen Gedanken gerissen. Intuitiv zuckte er zusammen und als er aufschaute, sah er Gülli, die direkt vor ihm stand und mit ihrer Hand vor seinem Gesicht wedelte. „Träumst du oder stör ich nur, was machst du denn hier?“, fragte sie und setzte sich einfach neben ihn auf die Bank beim Spielplatz. „Ach, nur so“, sagte Mirko verlegen, „manchmal kick ich ein bisschen mit Tom hier.“ „Ach“, sagte Gülli.

Mirko wusste nicht, was er noch sagen sollte und auch Gülli sagte nichts. Als sie aufstehen wollte, um zu gehen, hätte er sie am liebsten festgehalten, da fiel ihm doch noch etwas ein. „Gülli, was is’n das eigentlich für ein Name, heißt du richtig so?“ „Nee“, antwortete sie, „ich heiße eigentlich Gülistan, aber in der Grundschule haben sie mich immer Gülli genannt. Komisch, nicht?“ „Nö“, sagte Mirko, „ich find’s witzig.“ „Und du, Mirko“, Gülli schaute Mirko jetzt direkt an, darf ich dich auch was fragen?“ Mirko nickte, obwohl er irgendwie ein mulmiges Gefühl hatte. Was wollte sie von ihm, hatte sie ihn beobachtet? Nervös schluckte er.

„Wieso warst du, als du neu zu uns in die Klasse gekommen bist, immer so komisch, du hast nie etwas gesagt und außerdem hattest du auch immer so blöde

Klamotten an. Also ehrlich gesagt“, fuhr sie fort, als Mirko nicht gleich antwortete, „ich habe auch zuerst gedacht, dass du einen ziemlichen Knall hast.“ „Vielleicht stimmt das ja“, sagte Mirko und grinste, weil er erleichtert war, dass Gülli nichts von seinem Geheimnis zu wissen schien. „Ich weiß nicht“, antwortete er, „ich hab mich einfach nicht so richtig getraut, alles war so anders, ich hab mich gefühlt wie in einem Film, in den ich nicht reinpasste. Ich konnte einfach nichts sagen, weil da nichts war.“ „Wie, was heißt das, da war nichts, wieso war alles anders?“ Neugierig schaute Gülli Mirko an. Doch Mirko hatte keine Lust zu erzählen, was er fühlte, und schon gar nicht zu erklären, wie sein Leben früher war. Viel lieber wollte er einfach nur so reden. „Ach, nichts Bestimmtes, es war halt anders“, sagte er aber trotzdem, weil Gülli ihn noch immer intensiv anschaute.

„Außerdem haben doch alle immer nur auf mir rumgehackt, da fand ich's irgendwie besser abzutauchen.“ Mirko war froh, dass ihm dieses Wort eingefallen war, weil er nicht zugeben wollte, dass er sich einfach nur versteckt hatte, weil er Angst hatte. Angst, vor der Schule, den Schülern, den Lehrern, einfach, weil alles so ungewohnt und neu war. Er hatte immer damit gerechnet, dass etwas Schlimmes passieren könnte, dass es auf einmal wieder „Peng“ machte und es ihm den Boden unter den Füßen wegzog, so wie damals. Ja, davor hatte er Angst.

„Abgetaucht“, sagte Gülli langgezogen, „ach so“, und machte eine kleine Pause. „Also, ich habe mich, als ich neu in der Klasse war, immer nur versteckt. Ich hatte furchtbare Angst, dass mich wieder jemand fertigmacht. In der Grundschule haben mich nämlich alle gehänselt und gesagt, ich würde stinken. Keiner wollte sich neben mich setzen. Es gab absolut niemanden in der Klasse, der mich mochte, es war schrecklich. Ich wäre so gerne wieder zurück in die Türkei gegangen, da war alles viel besser, vor allen Dingen konnte ich da mit meinen Cousinen und Cousins spielen, wir wohnten fast alle im selben Dorf." Gülli schlenkerte mit den Beinen. „Wenn wir hier in der Grundschule ein Klassenfest hatten und ich etwas zum Essen mitgebracht habe, fand's jeder eklig, niemand hat etwas davon genommen. Sieht aus wie Scheiße, hat dieser blöde Ingo, den du ja auch kennst, gesagt. Meine Eltern konnten natürlich nur türkisch, die haben überhaupt nichts verstanden."

„Und jetzt?", Mirko staunte. „Heute ist mir das egal", antwortete Gülli, „na ja, zumindest ist es nicht mehr ganz so schlimm, weil", sie machte eine Pause, „ich hab jetzt eine Freundin." Gülli nickte verlegen mit dem Kopf. „Oh Mann", sagte sie plötzlich und sprang auf, „ich muss weg." So schnell wie sie gekommen war, so schnell war sie auch wieder verschwunden. Mirko schaute ihr nach. Er hatte ein ganz komisches Gefühl und wunderte sich, dass Gülli so viel von sich erzählt hatte, ich hätte mich das nie getraut, dachte er. Noch eine Weile saß er so da und dachte an das, was sie gesagt hatte, dann stand er auf und ging nach Hause, er freute sich auf Helene.

„Da bist du ja endlich“, empfing sie ihn schon an der Tür, „ich habe auf dich gewartet. Hier schau mal, das habe ich für dich besorgt.“ Helene deutete auf ein großes Paket. Als er es sah, schien sein Herz für einen Moment auszusetzen. „Du wirst ja ganz blass“, lachte Helene freundlich, „nun mach schon auf, ich bin so gespannt, was du sagst.“ Ungeduldig riss Mirko das Papier ab. Vor Erleichterung atmete er tief aus, es war ein Skateboard, keine Geige. Zuerst hatte er gedacht, irgendjemand hätte ihn beim Geigespielen ertappt und es Toms Eltern und Helene verraten, denn in das Paket hätte auch ganz gut einen Geigenkoffer hineingepasst.

„Mensch, klasse“ sagte er jetzt, „das ist – ich weiß gar nicht, was ich sagen soll.“ Da stand er einfach auf und drückte Helene. „Halt, du bringst mich ja um“, lachte sie, „los, wir machen einen kleinen Ausflug.“ Mirko schaute Helene fragend an. „Ich nehm das Fahrrad“, sagte sie, als hätte sie seine Gedanken gelesen, und schon ging es los. Den ganzen Nachmittag lang fuhren sie durch die Gegend.

Völlig erschöpft fiel er am Abend ins Bett. Sein Skateboard stellte er so hin, dass er es sehen konnte. „Stimmt's?“, fragte Tom, als er vor dem Schlafengehen noch einmal bei Mirko reinschaute, „Helene ist einfach klasse.“ „Ich glaube, ich habe noch nie so etwas Tolles geschenkt bekommen“, sagte Mirko und strahlte. „Helene hat mich durch die halbe Stadt geschleppt, bis sie fand, dass ich nun einigermaßen mit den anderen mithalten könnte. Wollen wir am Samstag nicht zusammen losdüsen?" „Ja, tolle Idee", sagte Tom zu Mirko, aber der hörte schon nichts mehr und schlief tief und fest.

Mobbing

Am liebsten wäre Mirko am Morgen mit dem Skateboard in die Schule gefahren, aber Skateboards waren in der Schule nicht erlaubt und Tom meinte, dass er sowieso schon genügend Ärger hätte. „Ach übrigens", erzählte Tom ganz beiläufig am Frühstückstisch, „der Meyer ist ganz schön ausgerastet." Atemlos lauschten Mirko, Toms Eltern und Helene Toms Bericht. „Also, ich find das ja klasse", sagte Helene, nachdem Tom geendet hatte. „Der Ulf imponiert mir besonders, was habt ihr bloß immer mit ihm?" „Ach Oma", sagte Tom, „wir dachten halt, der ist ein Schleimer, weil er immer alles kann, ich habe absolut nicht geahnt, dass der noch was anderes als Schule und Lernen mitkriegt."

„So kann man sich irren", schaltete sich Toms Vater ein, der bis jetzt schweigend zugehört hatte, „wenn von euch jemand freiwillig was macht und auch noch Spaß dabei hat, wird der gleich zum Streber gekürt. Aber egal, wie geht das denn nun weiter, was habt ihr euch gedacht?" Tom war über die Reaktion seines Vaters überrascht, eigentlich hatte er mit einer Standpauke gerechnet. „Na ja", sagte Tom, „wir wollen auch den nächsten Test in den Sand setzen und dann den nächsten und wieder den nächsten, so lange, bis der Meyer die Nerven verliert oder vielleicht unsere Eltern mal nachfragen, was los ist", Tom schaute seinen Vater auffordernd an.

„Verstehe", sagte Toms Vater, „das ist aber ziemlich gewagt, denn wenn rauskommt, dass ihr das Ganze absichtlich inszeniert habt, kriegt ihr ganz schön Ärger. Bei uns in der Firma nennt man so etwas Mobbing, jemanden fertigmachen. Auf die Dauer kann das ganz schön an die Substanz gehen." „Stimmt", sagte Tom clever, „uns mobbt der Idiot auch die ganze Zeit und das macht mich total fertig und die anderen auch." „Aber es bringt nichts, wenn man sich gegenseitig fertigmacht, wie soll das gehen, soll der, der irgendwann ‚am fertigsten ist', dann irgendwann aussteigen oder wie?", fragte Toms Vater. „Genau", sagte Tom, „der Meyer muss weg."

„Ich glaube, dass ihr mit dieser Methode wenig erreicht. Ich denke, ihr solltet die Karten auf den Tisch legen und noch einmal mit Herr Meyer reden. Am besten schreibt ihr vorher auf, was ihr ihm sagen wollt, und wir Eltern werden auch mit ihm reden und wenn das nicht klappt, dann muss sich die Schulleitung was einfallen lassen."

„Kriegsrat", warf Helene ein. „Ihr müsst einen Kriegsrat halten, um zu beraten, wie ihr vorgeht, das ist am wichtigsten, denn bisher habt ihr das Ding ja auch schon ganz gut geschaukelt. Lad deine Freunde ein, ich räume den Keller, da könnt ihr ungestört reden." „Siehst du", raunzte Tom Mirko zu, der genau wusste, was Tom meinte, „sie ist einfach klasse." „Na gut", sagte Tom, „dann mach ich was ab, aber jetzt müssen wir los, sonst kommen wir zu spät und da habe ich heute keine Lust drauf, 1. Stunde Englisch." „Du machst das schon", sagte

Helene und gab Tom einen Klaps, Mirko drückte sie liebevoll und brachte ihn zur Tür. „Hier, deine Tasche“, sagte sie, schob ihn raus und winkte den beiden zu.

Konferenz

Auf dem Vertretungsplan stand, dass der Nachmittagsunterricht wegen einer kurzfristig einberufenen Konferenz ausfiel. „Hey, ist ja super“, sagte Tom und fragte die anderen sofort, ob sie Lust hätten, zu ihm zu kommen, und erzählte kurz von dem Gespräch am Frühstückstisch. „Kriegsrat, tolle Idee“, sagte Kalle, „ich finde, wir sollten Ulf und die anderen aber auch fragen, ob sie kommen wollen, schließlich geht das die ganze Klasse an.“ „Ja, aber alle haben keinen Platz im Keller und außerdem“, sagte Lene, „kommt sowieso nichts dabei raus, wenn wir alle zusammenhocken und quatschen, wie wär’s, wenn wir unsere Klassensprecher fragen?“ Jan lachte, „gute Idee“, sagte er, „dich haben wir ja eh schon dabei, dann müssen wir ja nur noch Alex fragen.“ „Der Verräter“, sagte Kalle verächtlich. „Ich weiß nicht“, sagte Lene, „ich kann verstehen, dass er so reagiert hat, der hätte unheimlich Ärger zu Hause gekriegt, hat er mir erzählt.“

„Du hast dich mit Alex getroffen?“, fragte Tom sofort nach, „wieso hast du mir nichts davon gesagt?“ „Sag mal, spinnst du“, fragte Lene, „ich muss dir doch nicht alles erzählen, wir haben uns halt so unterhalten, ist doch nicht wichtig." „Doch", sagte Tom eingeschnappt. „Nun krieg dich mal wieder ein", sagte Kalle zu Tom, rempelte ihn an und riss ihm die Kappe vom Kopf. „Los, hol sie dir doch", rief er, rannte weg und warf sie Felix zu. Der warf sie zu Jan und Tom versuchte sie sich wieder zu holen, weil er eigentlich froh war, dass das Gespräch nicht so weitergegangen war. Als er keuchend neben Lene stand, sagte er leise: „Tut mir leid, ich mag dich halt." „Schon gut, ich weiß". Sie nahm die Kappe, setzte sie ihm falsch herum auf den Kopf und gab ihm einen Kuss.

„Hey, da kommt Ulf", sagte Kalle, und bevor die anderen etwas sagen konnten, fragte er ihn, ob er auch am Mittag mit zu Tom kommen wollte. Ulf freute sich, versuchte es aber nicht zu zeigen. „Abgemacht", sagte er so nüchtern wie möglich, „wann?" „So um zwei", sagte Kalle, „ich hol dich ab. Kannst du mir vorher noch mal was erklären? Ich hab noch mal 'ne Frage wegen Englisch." „Nee, oder? Das stimmt doch jetzt nicht", Ulf reagierte etwas angesäuert. „Mensch, Ulf, komm, das war doch nur ein Spaß", sagte Kalle und lachte, „wir legen dich nicht rein, ehrlich, wir brauchen dein Köpfchen." In diesem Moment ratterte es in Ulfs Kopf. Es fühlte sich genauso an, wie er sich das Gefühl „glücklich" vorstellte. Zum ersten Mal in seinem Leben hatte er das Gefühl, nicht ausgeschlossen zu werden. „Dann bis später", sagte er und ging los.

Bei Mirko in der Klasse verlief eigentlich alles normal bis auf die Tatsache, dass Mirko die ganze Zeit an

Gülli denken musste, die aber allerdings so tat, als ob er Luft sei. Ich verstehe das nicht, dachte er, gestern war sie so ganz anders. Doch er bemerkte nicht, dass Gülli dasselbe dachte und manchmal verstohlen zu ihm herüber schaute, um seinen Blick zu erwischen. Aber es gelang ihr nicht, weil Mirko vor sich hinzustarren schien. Ich versteh das nicht, dachte sie.

„Mirko, was ist los“, fragte ihn plötzlich Frau Menni im Kunstunterricht, „wieso machst du nicht mit?“ „Äh, hab ich gar nicht gemerkt“, sagte Mirko und fing abwesend an zu zeichnen. „Na dann“, sagte Frau Menni, weiter nichts, und Mirko war froh, dass sie wieder mal so nett war, ihn in Ruhe zu lassen. „Heute fällt Sport am Nachmittag aus“, sagte sie, „wir haben eine Konferenz.“ „Schade“, sagte Olaf und meinte es wirklich ernst, weil Sport sein Lieblingsfach war. Mirko dachte sofort an den „Kriegsrat“ und fand es ganz gut, dass Sport ausfiel, denn er hoffte, dass er dann etwas von dem Kriegsrat mitbekam.

In der Pause schlich er sich wieder in die Aula. Was er aber nicht wusste war, dass Gülli ihm heimlich folgte. Sie hatte ihn nämlich schon seit längerer Zeit beobachtet, schon vor der Sache mit Olaf, weil sie gerne rauskriegen wollte, was er in den Pausen machte. Erstaunt beobachtete sie, wie er die Treppe zur Aula hinaufstieg. Da er sich immer wieder umdrehte, ließ sie einen großen Abstand, damit er sie nicht sehen konnte. Sie versteckte sich hinter einer Säule und war total aufgeregt, ihr Herz klopfte wie verrückt. Mirko hingegen versteckte sich hinter einer Vitrine, um zu warten bis die Aufsicht ihren Rundgang oben beendete, um dann ein Stockwerk tiefer die Schüler aufzusammeln, die sich einen Spaß daraus machten, die Pause drinnen zu verbringen, einfach aus dem Sport heraus, die Aufsicht auszutricksen. Also wartete Mirko. Nach einer schier endlosen Zeit konnte er endlich in die Aula schlüpfen. Leise schloss er die Tür hinter sich, rannte nach vorne, öffnete den Koffer, holte die Geige heraus, schloss die Augen und legte los. Wie angewurzelt stand Gülli draußen vor der Aulatür und hörte fassungslos und gebannt auf die Musik, die aus der Aula tönte. Sie konnte sich absolut nicht erklären, was da los war. Was macht Mirko da drinnen, dachte sie, wer spielt da, was geht hier vor.

Sie brachte das alles nicht mit ihm zusammen. Noch nie hatte sie so eine Musik gehört. Sie war ihr fremd, so viele Töne, die aber trotzdem alle irgendwie zusammenpassen, dachte sie. Der Klang der Geige gefiel ihr. Plötzlich fiel ihr wieder ein, wie Frau Menni einmal die Geige im Musikunterricht gezeigt hatte. Es war toll. Jeder durfte vorsichtig mit dem Finger die Bogenhaare fühlen, sie waren ganz rau und weil Frau Menni so ein komisches Zeug daran gerieben hatte, war der Finger hinterher dann so mehlig weiß. Gülli erinnerte sich genau an den Geruch, aber sie wusste nicht mehr, wie das Zeug hieß.

Damals begann sie, ihre Klassenlehrerin zu mögen, besonders, wenn diese dann anfing, ihnen etwas vorzuspielen. Erst spielte sie nur verschiedene Töne nacheinander und dann spielte sie eine Melodie. Plötzlich war die Stunde vorbei und Gülli war richtig traurig darüber. Jeder sollte zu Hause versuchen, eine Geige zu malen, Gülli machte sich gleich an die Arbeit. Sie träumte davon, auch einmal Geige spielen zu können, und stellte sich vor, wie es sein müsste, so schön spielen zu können. Während des Zeichnens hatte sie vor sich hin gesummt. Jetzt, als sie vor der Tür stand, fiel ihr das alles wieder ein. Sie hielt die Luft an und schlich auf Zehenspitzen zur Tür und drückte die Klinke unendlich vorsichtig und leise hinunter. Ich muss wissen, wer da spielt, dachte sie, und als sie die Tür einen schmalen Spalt breit geöffnet hatte, spähte sie hinein. Vorne stand Mirko. Mit geschlossen Augen hielt er die Geige und spielte. Gülli meinte ihren Augen nicht zu trauen, rieb sie kräftig, doch als sie noch einmal hinschaute, war es immer noch Mirko, der da spielte, irgendwie ein anderer Mirko als der, den sie aus der Klasse kannte.

Ganz, ganz leise schloss sie die Tür wieder, es fiel ihr schwer, aber sie wollte ihn nicht stören und außerdem wollte sie nicht, dass er sie entdeckte. Obwohl die Tür schon zu war, versuchte sie noch immer lautlos zu atmen und bewegte sich ganz vorsichtig, es war ein Gefühl wie auf Watte, Richtung Klasse. Während der nächsten Stunde starrte Gülli die ganze Zeit zu Mirko herüber, versuchte herauszufinden, ob er derselbe war wie in der Aula, doch immer wenn er sich zu ihr drehte, wendete sie sich schnell ab. Vielleicht kommt er von einem anderen Stern, dachte sie, oder ich spinne.

„Was is'n mit dir los", fragte Jenny sie in der Fünfminutenpause, „du bist so komisch." „Ach, nichts", antwortete Gülli, „na ja, oder doch, vielleicht ist mir nicht so gut." „Ah", sagte Jenny „und warum schielst du immer zu Mirko rüber?" Gülli bekam einen knallroten Kopf. „Tu ich gar nicht, aber findest du nicht auch", sagte Gülli nach einer Weile und schaute Jenny neugierig an, „dass Mirko sich irgendwie verändert hat?" „Mhmm, vielleicht", antwortete sie, „seit er nicht mehr diese dämlichen Klamotten anhat, sieht er sogar manchmal richtig gut aus."

„Mhmm", machte jetzt auch Gülli, „stimmt schon irgendwie, was du sagst." „Lass uns heute Mittag skaten, ja, hast du Lust?", fragte Jenny. „Sport fällt doch aus und die Hausaufgaben machen wir jetzt gleich in der Bücherei zusammen, ist eh nicht so viel." „Gute Idee", sagte Gülli, die froh war, nicht allein sein zu müssen. Am liebsten hätte sie Jenny alles erzählt, aber sie traute sich nicht so richtig. Sie war sich auch nicht sicher, was Mirko davon gehalten hätte, wenn sie einfach was über ihn herum erzählt hätte, schließlich hatte sie ihm ja nachspioniert. So beschloss sie das, was sie erlebt hatte, als ihr Geheimnis zu bewahren. Vielleicht würde sie irgendwann einmal den Mut finden, Mirko anzusprechen.

Während der letzten Stunde hatte Mirko plötzlich eine Idee. Total aufgeregt überlegte er, ob er die Geige einfach mitnehmen, sozusagen übers Wochenende ausleihen sollte. Ich leihe mir sie einfach nur aus und dann bringe ich sie wieder zurück, dachte er, obwohl er im Innersten wusste, dass das Quatsch war, dass es auf keinen Fall klappen könnte. Doch so gut er sich auch zuredete, es sein zu lassen, es war wie ein Zwang. Mirko konnte nur noch an die Geige denken, daran, wie es ist, zu spielen, so richtig lange, ohne Angst zu haben, erwischt zu werden. Am Montag bringe ich sie wieder her, sagte er sich.

Von da ab ging alles unheimlich schnell. Nach der 6. Stunde rannte er ins Klo und wartete, bis alle weg waren. Er wusste, dass die Konferenz um zwei Uhr anfangen sollte, so lange musste er sich ruhig verhalten. Weil er keine Tasche hatte, in der er die Geige verstecken konnte, räumte er kurzerhand die Sachen aus seinem Rucksack heraus, legte sie ordentlich auf einen Stapel in den Putzschrank ganz oben hin, damit niemand sie entdecken würde, und nahm sich vor, sie am Montag, noch vor der ersten Stunde, wieder zu holen.

Inzwischen tobte Meyer in der Konferenz und forderte härtere Maßnahmen im Umgang mit Toms Klasse. Es sei unhaltbar, was sich diese Gören erlauben würden, man müsse sie endlich in die Schranken weisen und einigen von ihnen klarmachen, dass am Ende des Schuljahres das Licht ausgehen würde, wenn sie nicht endlich lernen würden. Außerdem wollte er sich die Arbeit genehmigen lassen, was der Direktor gerade auch mit dem Hinweis auf Ulfs schlechte Note, der ja im Allgemeinen als sehr guter Schüler bekannt war, ablehnte. Meyer kochte vor Wut.

Als Mirko am Lehrerzimmer vorbeischlich, überlegte er kurz, dass die Geige nie und nimmer in den Rucksack passen würde, aber ihm war alles egal. Sein Gehirn war wie ausgeschaltet. Vielleicht habe ich ja Glück, dachte er, vielleicht sieht mich keiner. Ein paar Minuten später huschte er nach oben in die Aula. Als er sah, dass die Tür offen war, atmete er erleichtert aus. Von unten hörte er plötzlich die Stimmen der Leute von der Putzkolonne, „Mist", zischte er leise, weil er nicht an die Putzkolonne gedacht hatte. Schnell schlüpfte er durch die Tür, nahm die Geige vorsichtig aus dem Kasten, wickelte sie in seinen Pullover und steckte sie in seinen Rucksack, den Bogen steckte er daneben. Nur ein kleiner Teil des Griffbretts und des Bogens schauten noch heraus, Mirko war zufrieden. Er machte den Kasten zu und rannte nach draußen.

Auf dem Gang versteckte er sich sofort hinter einer der Vitrinen, die man nicht von der Treppe aus sehen konnte, weil er hörte, dass die Leute von der Putzkolonne näher kamen und sie wahrscheinlich gleich um die Ecke biegen würden. Mirko hoffte, dass sie ihn nicht sehen, und hatte Glück. Sie waren so beschäftigt, dass sie ihn nicht bemerkten. Als sie mit ihren Geräten bewaffnet in die Aula gingen, schlich Mirko leise die Treppe hinunter.

Draußen versuchte er so normal wie möglich zu gehen. Er schwitzte wie verrückt und konnte es kaum aushalten, nach Hause zu kommen. Hoffentlich entdeckt keiner, was los ist, dachte er. Ausnahmsweise klingelte er diesmal nicht an der Tür, schloss sachte mit dem Schlüssel auf, rief schnell „hallo, bin wieder da“ und flitzte sofort in sein Zimmer. Er überlegte nicht lange, nahm die Geige und den Bogen aus seinem Rucksack und legte beides unter sein Bett. Dann setzte er sich erschöpft auf seinen Stuhl. Nach einer Weile zwickte er sich in seinen Arm, weil er nicht glauben konnte, dass das hier die Wirklichkeit war. Er legte sich vor seinem Bett auf den Bauch und schaute noch mal, ob die Geige auch wirklich da war. Doch, es ist kein Traum, dachte er, als er sie sah, und schob das Instrument noch ein bisschen weiter nach hinten, damit niemand sonst es sehen konnte. Dann ging er ins Bad, wusch sich, nahm sich einen neuen Pulli und ging nach unten. „Hallo, Mirko“, sagte Helene, „hast du auch Lust auf Pfannkuchen, ich backe gerade welche für Tom und seine Freunde“ – Helene deutete nach unten – „Kriegsrat“, sagte sie verschwörerisch und Mirko musste lachen, weil sie so witzig dabei aussah. „Na, was ist jetzt?“, fragte sie, „mit Nutella oder Eis?“ „Am liebsten beides“, sagte Mirko und schaute zu, wie Helene den Teig in die Pfanne goss. „Mit einer Tour wird es heute leider nichts, guck mal raus, es regnet in Strömen“, sagte Helene. „So ein Mist“, heuchelte Mirko, der froh war, weil er ganz andere Sachen im Kopf hatte.

„Morgen soll’s wieder schön sein, vielleicht probieren wir es dann?“ „Gut“, sagte Mirko und verspeiste genüsslich seinen Pfannkuchen. „Einfach lecker“, sagte er, „machst du mir noch einen?“ „Klar“, was willst du denn jetzt draufhaben?“ Helene schwang den Kochlöffel.

„Noch mal dasselbe bitte“, sagte Mirko und schleckte gedankenverloren seine Finger ab.

Meyer II

Unten berieten Tom und seine Freunde, wie sie am besten vorgehen könnten. Auf jeden Fall waren sich alle einig, dass es zu riskant war, noch einmal eine Arbeit zu verhauen. „Aber der macht uns doch total rund“, sagte Alex, „wenn wir ihm erzählen, was los war.“ „Ich weiß nicht, wenn wir nichts machen, macht er uns auch rund oder meinst du, der ändert sich einfach so?“, fragte Kalle. „Ich meine“, schaltete sich jetzt Ulf ein, der die ganze Zeit zugehört hatte, „dass wir mit ihm reden sollten, also, vielleicht wäre es sogar am besten, wenn ich erst mal mit ihm rede. Ich würde das machen, aber nur, wenn wir zusammen aufschreiben, was sich ändern soll, dann könnte ich sagen, dass ich im Auftrag von der Klasse mit ihm reden soll, mir reißt er bestimmt nicht den Kopf ab.“

„Echt, das würdest du dich trauen?“, fragte Kalle, „find ich toll von dir.“ „Ok, Ulf, lass uns mal versuchen, was aufzuschreiben“, ergriff Lene die Initiative. „Wie fängt man so etwas am besten an“, fragte Alex, „schreibt man ‚Lieber Herr Meyer?‘“ „Auf keinen Fall“, protestierte Kalle, „da mach ich nicht mit.“ „Musst du doch nicht. Wir lassen die Anrede einfach weg. Wir schreiben einfach nur die Punkte auf, die uns stören“, sagte Isabelle und holte sofort einen Stift und einen Zettel aus ihrer Tasche. „Wir finden es unfair“, so fing sie die Liste an, und nach einer langen Diskussion entstand ein Papier, das alle wichtigen Punkte enthielt. „Also, Ulf", sagte Kalle, „wenn du willst, komm ich mit." Ulf überlegte. „Ja, ich glaube, das machen wir so, sonst denkt der Meyer noch, dass ihr mich erpresst habt, und außerdem ist mir dann auch wohler." Kalle haute Ulf auf die Schulter. „Abgemacht", sagte er, „am Montag steigt die Party."

Es klappt einfach nicht

Am nächsten Morgen, es war Samstag, wachte Mirko ganz früh auf. Leise öffnete er die Fenster und schaute nach draußen. Die Vögel zwitscherten, aber ansonsten schien die ganze Stadt noch zu schlafen, es war ganz still. Mirko ließ das Fenster geöffnet, dann lehnte er sich unters Bett, um nach der Geige zu schauen, vorsichtig nahm er sie in die Hand und tat so, als würde er spielen. Dabei schloss er die Augen und stellte sich die Musik vor. Es ist viel zu laut, wenn ich spiele, dachte er plötzlich, ich muss einen Moment abpassen, in dem ich alleine bin.

In seinem Kopf ratterte es, wann, überlegte er, das klappt ja nie, und auf einmal wurde ihm klar, dass ja immer jemand zu Hause war und er niemals auf der Geige spielen konnte. Keine Chance. Er war geschockt. Da kam ihm die Idee, dass er sich einfach krank stellen könnte, dann würde Helene vielleicht einkaufen gehen, Tom würde sich wahrscheinlich sowieso mit seinen

Freunden treffen und Toms Eltern, ja die, da hatte Mirko auch keine Idee, aber meistens hatten sie am Samstag irgendetwas zu erledigen. Mirko wünschte es sich ganz fest, dann wäre er allein und könnte es wagen zu spielen, am besten in Helenes Keller, wo ihn niemand hören würde. Ganz aufgeregt legte er die Geige wieder unter das Bett und nahm sich vor, so lange im Bett zu bleiben, bis jemand kam, um nach ihm zu schauen.

„Mirko, was ist los mit dir", hörte er nach einer Ewigkeit Toms Mutter fragen, „willst du nicht zum Frühstück kommen?" Na endlich, dachte er, antwortete aber nicht, weil er wusste, dass Toms Mutter gleich den Kopf reinstecken würde. Genau so war es. „Mirko", sagte sie, „du liegst ja noch im Bett", sofort legte sie ihre Hand auf seine Stirn, um zu fühlen, ob er Fieber hatte. „Fieber hast du keins", sagte sie, „was fehlt dir denn?" „Mir ist einfach nicht so gut, ich habe Kopfschmerzen", heuchelte er und versuchte, ein möglichst elendes Gesicht zu machen. „Na, dann will ich dir mal einen Tee machen und einen Zwieback bringen, das hilft immer", sagte sie. „Bleib einfach noch ein bisschen liegen, ich komme gleich wieder."

Fünf Minuten später stand die ganze Familie am Bett. Am liebsten wäre Mirko vor Scham versunken. „Mirko, mein Junge", sagte Helene, setzte sich zu ihm auf die Bettkante und streichelte ihm vorsichtig über den Kopf, „unseren Ausflug machen wir einfach morgen, wenn es dir dann wieder besser geht, nun schlaf dich erst mal aus", sagte sie und zog ihm die Decke bis zum Kinn. Inzwischen hatte Toms Mutter den Tee und den Zwieback auf einen Hocker gestellt. „So, Mirko, trink ein wenig davon, das wird dir gut tun“, sagte sie und schaute ihren Mann besorgt an. „Sollen wir einen Arzt holen?“, fragte sie ihn, doch bevor Toms Vater antworten konnte, wehrte Mirko schnell ab. „Nein, nein“, sagte er, „mir ist schon viel besser, ich will einfach noch ein bisschen schlafen.“

„Versteh schon“, scherzte Tom, „du hast eben keine Lust, die Straße zu kehren, du bist nämlich heute dran.“ „Also, Tom“, sagte Helene. „War doch nur Quatsch“, lachte Tom. „Los, raus jetzt“, sagte Toms Mutter, „lassen wir Mirko in Ruhe, dann erholt er sich am schnellsten. Mirko, ich bleib heute bei dir“, sagte Toms Mutter, „ruf einfach, wenn du mich brauchst“. Oh Mann, dachte Mirko, als alle wieder draußen waren, das war ja wohl nichts. Schnell aß er den Zwieback auf und trank den Tee, er war fast am Verhungern. Jetzt muss ich hier den ganzen Tag im Bett rumliegen und das alles wegen so einer dämlichen Lüge.

Die erste Stunde war es ihm entsetzlich langweilig. Dann fing er an zu grübeln. Was, wenn Frau Menni gemerkt hatte, dass die Geige weg war, und wie könnte er es schaffen, sie wieder zurückzubringen. Außerdem liegen ja auch noch meine Schulsachen im Klo, hoffentlich hat sie niemand gefunden, fiel ihm ein und plötzlich kam Mirko alles ganz absurd vor, bescheuert, dachte er, da komm ich doch nie wieder heil raus, und je länger Mirko überlegte, desto elender wurde ihm, und als Helene hereinkam, um nach ihm zu schauen, sah er wirklich ziemlich krank aus. „Mirko, es wird schon wieder“, sagte sie, um ihn zu beruhigen, doch Mirko wusste, dass das in diesem Fall absolut nicht stimmte. Nur schwer gelang es ihm, seine Tränen zu unterdrücken, am liebsten hätte er ihr erzählt, dass er die Geige, ohne großartig zu überlegen, mitgenommen hatte, dass er sich schrecklich danach sehnte zu spielen, weil das einfach zu ihm gehörte, weil er immer gespielt hatte. So lange er denken konnte, hatte er sich immer darauf gefreut, wenn sein Vater mit ihm geübt hatte, einfach, weil er die Musik mochte, sie ihm gut tat.

Nach dem Unfall hatte er es einfach vergessen, seine Erinnerung war wie ausradiert, alles weg, doch seit er seine Lehrerin gehört hatte, war es wieder da, die Erinnerung und der Wunsch, unbedingt Musik machen zu wollen. Doch Mirko traute sich nicht, Helene davon zu erzählen. Er traute sich überhaupt nichts mehr, er hatte Angst davor, als Dieb dazustehen, bestimmt würden sie ihn wegjagen, dann würde er wieder alles, was er mochte, verlieren.

„Ich will nicht wieder ins Heim“, rutschte es ihm auf einmal raus. Erschrocken hielt er die Luft an, doch Helene nahm ihn einfach in den Arm. „Es wird alles gut“, sagte sie, „du gehörst zu uns, was denkst du denn? Niemand will dich zurück ins Heim bringen, wie kommst du denn auf so eine Schnapsidee?“ „Ach, nur so“, sagte Mirko und wünschte sich für einen kurzen Augenblick eines dieser Wunder, die machen, dass alles genau so ist, wie es sein sollte, ohne dass man irgendetwas dafür tun musste, doch er wusste es: Das würde ein Traum bleiben.

„Komm, schlaf noch ein bisschen", sagte Helene, „ich gehe wieder nach unten. Wenn du willst, schaue ich nachher noch einmal rein, ja?" Dankbar ließ sich Mirko ins Bett sinken, er war ganz verzweifelt. Als Helene die Tür schloss, schluchzte er in sein Kissen, so, dass es niemand hören konnte. Dann schlief er ein. In seinen Träumen ging alles drunter und drüber. Schweißgebadet wachte er nach ein paar Stunden wieder auf und lauschte angestrengt, ob jemand zu Hause war. Als er nichts hörte, zog er sich an. Vielleicht – Mirko wagte kaum, es zu hoffen – einmal spielen, dann hätte das Ganze wenigstens einen Sinn gehabt. Leise öffnete Mirko die Tür und lunzte nach unten. Aber da saßen sie alle zusammen und spielten Uno. Mirko war verzweifelt. Er hatte doch nur Musik machen wollen.

„Ach was", sagte er auf einmal vor sich hin, „es wird eh nichts mit dem Üben, am Montag bringe ich die Geige irgendwie zurück." Er schloss seine Tür und ging nach unten.

„Hallo Mirko, alles in Ordnung?", fragte Toms Vater. „Ja", antwortete er und setzte sich dazu. „Jetzt zieh ich euch über den Tisch", sagte er und versuchte zu überspielen, dass ihm eigentlich hundsmiserabel war.

Am Sonntag machte die Familie einen Ausflug, doch Mirko konnte sich nicht so richtig freuen, es bedrückte ihn, dass er keine Chance sah, offen zu sein. Dabei war er fast sicher, dass Toms Familie ihm helfen würde, aber er war sich eben nur fast sicher, traute sich nicht zu sagen, was los war. Hin und her gerissen sehnte er sich danach, die Sache wieder in Ordnung zu bringen. Erleichtert stellte er am Sonntagabend fest, dass auch dieser Tag endlich zu Ende gehen würde. Bevor er ins Bett ging, packte er seine große Sporttasche, legte die Geige und den Bogen hinein, vorsichtig in ein Handtuch gewickelt, damit nichts kaputt ging. In seinen Rucksack steckte er ein paar alte Zeitungen, damit nicht auffiel, dass er leer war.

Als der Wecker am Morgen endlich klingelte, war Mirko froh, fast die ganze Nacht hatte er wach im Bett gelegen und sich herumgewälzt. Jetzt stand sein Entschluss fest.

Blöde Idee

So schnell es ging, machte er sich nach dem Frühstück auf den Weg in die Schule, zum Glück hatte ihn niemand gefragt, was er in der großen Tasche hatte. Mirko war es leid zu lügen. Er wünschte sich sehnlichst, dass noch niemand gemerkt hatte, was los war.

Ein paar Minuten vor Acht war er endlich in der Schule. Ungeduldig wartete er vor dem Eingang und sobald es zum ersten Mal klingelte, rannte er zur Toilette rauf, er war total aufgeregt. „Na, Alter“, rief ihm Ingo nach, „hast wohl die Hosen voll“, doch Mirko achtete einfach nicht auf ihn, er wollte so schnell wie möglich seine Sachen holen, damit sie niemand anderes vor ihm fand.

Zum Glück lag alles noch so da, wie er es am Freitag hingelegt hatte. Mirko atmete auf, schmiss die Zeitungen, die er in die Tasche gestopft hatte, in den Papierkorb und packte seine Schulsachen wieder ein. Das hat ja schon mal geklappt, dachte er, dann sauste er nach oben in die Aula, aber die Tür war verschlossen. „Scheiße", sagte Mirko vor sich hin. „Scheiße, scheiße, scheiße."

„Na, wen haben wir denn da?", hörte er plötzlich eine Stimme. Mirko bekam einen Riesenschreck. Jetzt ist alles aus, dachte er und zwang sich, nicht gleich loszuheulen, doch da merkte er, dass Herr Meyer gar nicht ihn gemeint hatte, sondern Ingo am Schlafittchen gepackt hatte. „So, und du wirst mir sicher erklären können, was du hier oben zu suchen hast", sprach Herr Meyer Ingo triumphierend an. Schnell versteckte sich Mirko hinter der Vitrine. „Ich wollte nur", presste Ingo ängstlich heraus, „ich wollte doch nur schauen, was Mirko macht." So ein Mist, dachte Mirko, er hielt die Luft an, doch Meyer lachte nur kurz auf, „so, so, der Ingo", sagte er, „nie um eine gute Ausrede verlegen." „Doch, wirklich", sagte Ingo, „ich hab gesehen, wie er vorhin nach oben gelaufen ist."

„Die Geschichte wirst du gleich dem Direktor erzählen, los, du kommst mit." Es war zwecklos, Ingo wehrte sich nicht, weil er bemerkte, dass es sowieso keinen Sinn hatte, Meyer zu widersprechen. Das war Mirkos Chance, er wusste, dass er jetzt blitzschnell reagieren musste. So leise und schnell er konnte, raste er zur Klasse und schaffte es, noch vor dem zweiten Gong vor der Tür zu stehen. Er musste sich richtig anstrengen, ruhig zu stehen, weil er so aufgeregt war und als er Frau Menni kommen sah, hielt er es nicht mehr aus. Er stellte seine Taschen auf den Boden und rannte noch einmal zur Toilette, es rumorte schrecklich in seinem Bauch. Nun war er doch zu spät. Als er in die Klasse hineinkam, entschuldigte er sich bei Frau Menni, die ein sehr besorgtes Gesicht machte.

„Schon gut“, sagte sie langsam und traurig, „setz dich.“ Dann schaute sie lange in die Klasse, ohne etwas zu sagen. Mirko wurde es immer unheimlicher.

„Es ist etwas Schreckliches passiert“, brach sie endlich das Schweigen, „jemand hat am Freitag während der Konferenz meine Geige gestohlen. Sie ist weg, und das Schlimmste ist, dass die Aulatür nicht abgeschlossen war. Ich bitte euch inständig, wenn ihr irgendetwas wisst oder gesehen habt, sagt es mir, denn ich bin völlig ratlos.“ Mirko durchzog es erst kalt, dann ganz heiß. Seine Ohren glühten, neben sich hatte er die Sporttasche gestellt, er hätte nur zu sagen brauchen, hier ist sie, ihre Geige, doch wie sollte er erklären, was passiert war, warum sollte ihm jemand glauben?

„Es gibt nie einen Grund“, fuhr Frau Menni fort, „etwas zu nehmen, was einem nicht gehört“, und Mirko wusste, wie recht sie damit hatte. Plötzlich ging die Tür auf und Herr Meyer, der Direktor und Ingo kamen herein. „Bitte entschuldigen Sie die Störung, Frau Kollegin, doch dieser junge Mann hier behauptet, einen ihrer Schüler beobachtet zu haben, wie er Richtung Aula ging. Mirko“, sagte der Direktor, „kommst du mal?“ Frau Menni schaute irritiert auf ihn. Langsam stand Mirko auf. „Aber ich habe doch nur“, fing er an, „also, mir war nicht so gut“, sagte er, „ich äh, also, ich habe Durchfall und da musste ich schnell zur Toilette und vielleicht hat er mich da gesehen.“ „Aha“, sagte der Direktor. „Ingo, hast du das auch beobachtet?“ Die Klasse unterdrückte ein Lachen, denn außer Olaf konnte niemand Ingo, der jetzt ziemlich belämmert dastand, so richtig leiden.

„Nein, ich bin ihm halt einfach nur so nach“, sagte er und schaute böse zu Mirko herüber. Der dachte die ganze Zeit, dass die Bombe platzen müsste, aber nichts passierte, absolut nichts. „Also, Ingo“, fuhr Herr Meyer jetzt dazwischen, „was weißt du über den Raub?“ Raub, wie ein Hammerschlag traf Mirko dieses Wort. Für einen kurzen Moment fürchtete er, dass ihn jemand beobachtet haben könnte, dass nun doch alles auffliegen würde, aber schon wieder war es so, als ob in einem Kino die Filmrollen vertauscht worden seien.

Der Film lief völlig anders weiter, als Mirko erwartet hatte. Ingo zuckte mit den Schultern, „ich weiß nichts“, sagte er mit tränenerstickter Stimme, „ehrlich, bitte, lassen Sie mich.“ „Nun gut, belassen wir es erst mal dabei“, sagte der Direktor, „wir wollen nicht länger stören“, wendete er sich an Frau Menni und schob Ingo vor sich aus der Tür heraus. Atemlos hatte Gülli die ganze Situation verfolgt. Sie hatte einen schlimmen Verdacht und nahm sich vor, unbedingt mit Mirko zu sprechen.

Blöde Idee, dachte Mirko, das mit der Geige war eine absolut blöde Idee von mir. Er war verzweifelt.

Na warte, dich krieg ich

„Diese miese kleine Ratte", von den Leuten aus seiner Clique umringt, stand Ingo auf dem Schulhof und erzählte, was ihm passiert war, „mit Sicherheit hab ich Mirko vor der Aulatür gesehen und es war bestimmt nicht das erste Mal", sagte Ingo, „dass er dort war, da geh ich jede Wette ein. Ist doch nur logisch, dass der das Ding geklaut hat, so Typen wie der klauen doch immer." „Was meinst du damit, was für Typen, du kannst das doch nicht einfach so behaupten, du spinnst doch. Warum soll Mirko ein Dieb sein, das musst du mir echt mal erklären", sagte Renate, weil ihr die Protzerei von Ingo enorm auf den Wecker ging. Außerdem wusste sie, dass sie mit ihrer polnischen Großmutter auch nicht gerade eine gute Figur machen würde. Bis jetzt war es ihr gelungen, diesen Teil ihres Lebens zu verheimlichen, aber wer konnte schon wissen, wann Ingo anfangen würde, auf ihr herumzuhacken. „Ich schäme mich für euch", sagte sie trotzig. „Ingo, du hast doch gar nicht gesehen, dass Mirko die Geige geklaut hat, wieso – "

„Hau doch einfach ab“, unterbrach er sie, „wieso verteidigst du diese Ratte, bist wohl verknallt, was? Außerdem warten die schon lange darauf, mir eins auszuwischen. Ist doch klar, das Mirko und Toms Leute unter einer Decke stecken.“ Olaf nickte kräftig mit dem Kopf. Er freute sich, dass Mirko endlich einmal Ärger bekam, zu oft hatte er Stress mit Frau Menni gehabt, weil die Mirko immer in Schutz nahm. Renate war sauer. „Weißt du, was du bist?“, sagte sie zu Ingo, „ein Arschloch, ein Riesenarschloch!“, nahm ihre Tasche und ging. Für einen kurzen Augenblick hoffte sie noch, dass jemand sie zurückhalten würde, aber niemand rief sie bei ihrem Namen und so ging sie fast stolz weg, als rette sie damit die Ehre ihrer Großmutter und damit auch ihre eigene Ehre.

Der erste Schritt fiel ihr noch schwer, doch plötzlich war ihr egal, was die anderen von ihr hielten. Befreit drehte sie sich um. „Ja, das mach ich“, sagte sie, „ich hau ab und mit euch will ich in Zukunft nichts mehr zu tun haben.“ „Dumme Kuh“, sagte Olaf zu den anderen, „die war sowieso doof“, und schaute in die Runde. „Stimmt“, lachte Isy verlegen, der die ganze Sache zwar auch nicht geheuer war, weil sie jetzt das einzige Mädchen in der Clique war, aber sie fühlte sich trotzdem ganz wohl mit Ingo, denn sie spürte, dass er sie mochte. „Ach, egal“, sagte Ingo, „wir müssen diesen Kerl drankriegen, das ist jetzt wichtig, lasst uns einen Plan machen.“

„Mhmm“, murmelte Olaf. „Mehr fällt dir wohl nicht dazu ein“, fuhr Ingo ihn aggressiv an. „Die haben mich total fertiggemacht. Der Direktor hat meine Eltern bestellt, weil er mir nicht glaubt, das hat er natürlich nicht gesagt, aber ich hab's genau gemerkt, der ist absolut froh, wenn er mir endlich was anhängen kann, aber am Arsch, ich war's nicht und das weiß ich genau. Da stecken Toms Leute dahinter und Mirko, das Milchgesicht, den krieg ich dran. Ich kenne diese Typen, mir macht der nichts vor."

„Was sollen wir tun?", fragte Olaf. „Wart mal einen Moment, da kommt ja unser Glückskind. Hey, Mirko!", rief Ingo, „ich krieg dich schon, wart's nur ab." Mirko zuckte zusammen, er hatte Ingo und seine Leute gar nicht gesehen und war direkt auf sie zugelaufen. „Was willst du nur immer von mir?", fragte er genervt, die Sporttasche über die Schulter gehängt, „lass mich doch endlich in Ruhe." „Du bist der Dieb!", zischte Ingo und machte eine Handbewegung, als würde er etwas mitgehen lassen. Mirko schoss das Blut in den Kopf, warum hab ich Idiot nur diese Geige mitgenommen, dachte er. So schnell er konnte, rannte er weg. „Feigling", rief ihm Olaf großkotzig hinterher. Ingo fand es super, er klopfte Olaf auf die Schulter, „klasse, Kumpel", sagte er und Olaf fühlte sich richtig gut. „Ok, jetzt lasst uns mal Pläne machen", sagte Ingo zu Olaf, Janis, David und Isy.

Mirko war froh, als er endlich zu Hause war. Dieser Tag ist der reinste Horrortrip, dachte er. Als er in die Küche hineinkam, sah er Tom bereits am Tisch sitzen. „Und dann", fragte Helene Tom, die noch nicht bemerkt hatte, dass Mirko gekommen war.

„Dann wollten Kalle und Ulf also zum Meyer, aber der war gerade unterwegs, weil der Ingo die Geige von der Menni geklaut hatte.“ Mirko verschluckte sich, erst jetzt sahen Helene und Tom ihn. „Hey“, sagte Tom, „hast du das mitgekriegt, die haben den Ingo geschnappt, weil er die Geige von der Menni geklaut hat.“ „Woher weißt du das denn?“, fragte Mirko. „Das erzählt doch jeder in der Schule“, sagte Tom. „So ein Schwein, hab mir immer gedacht, dass der nur krumme Sachen macht.“

Mirko wusste es besser – und er wusste auch, dass jetzt der richtige Moment wäre, mit der Wahrheit herauszurücken, aber er schaffte es einfach nicht. Stattdessen sagte er ein unbestimmtes „Ach, ich weiß nicht. Die waren bei uns in der Klasse und haben gefragt, was los war, da habe ich nicht gedacht, dass er es war.“ „Natürlich hat sie der Ingo geklaut“, sagte Tom selbstbewusst, „wer soll denn sonst auf so eine bescheuerte Idee kommen?“ „Nun mal langsam“, schaltete sich Helene ein, „warum kamen die denn zu euch in die Klasse“, wollte sie wissen. Erst jetzt dämmerte es Mirko, dass er besser den Mund gehalten hätte. „Der Ingo meinte, dass er mich gesehen hätte, vor der Aula, dabei war ich nur auf dem Klo.“ „Na, da bin ich mal gespannt, was sich der Ingo noch ausdenkt“, sagte Tom, „wahrscheinlich will er dir die ganze Sache in die Schuhe schieben“, wendete er sich an Mirko, „wär ja typisch für ihn.“

Mirko ging das alles zu schnell und Helene auch. „Nun mal langsam, Tom, lass mal gut sein, hat man die Geige bei ihm gefunden oder wie kommst du darauf?“, fragte sie. „Nein“, Tom schüttelte den Kopf, „bis jetzt ist die Geige noch verschwunden, aber ich denke, der Ingo wird sie eben versteckt haben.“

„Da bin ich aber sehr gespannt, wie sich das alles aufklärt“, Helene wischte unbewusst ein paar Krümel mit der Hand von der Tischplatte. „So lange die Geige nicht gefunden worden ist, sollte man jedenfalls vermeiden, jemanden zu beschuldigen“, sagte sie, „und außerdem wird dann noch zu klären sein, warum der Dieb auf die Idee mit dem Klauen kam. Ist doch völlig unsinnig, so etwas in der eigenen Schule zu machen.“ Sie tippte sich mit dem Finger an den Kopf. „Aber nun sag mal, Tom, wie geht es denn jetzt weiter mit dem Meyer“, fragte sie, um das Thema zu wechseln, denn aus ihrer Erfahrung wusste sie, dass diese Spekulationen im Moment zu nichts führen würden. „Sind der Ulf und der Kalle denn noch zu Herrn Meyer gegangen?“ Mirko fiel ein Stein vom Herzen, er war total durcheinander und froh, dass Helene das Thema wieder auf Herr Meyer gebracht hatte und Tom nicht weiter fragte. „Nö“, sagte Tom, „aber morgen, morgen wollen sie zu ihm, heute war echt keine Chance, die Geige ist wohl ein Vermögen wert.“ Schon wieder lief Mirko so ein Schauer über den Rücken, daran hatte er noch überhaupt nicht gedacht. Wer weiß, was dieses Instrument gekostet hatte und was es Frau Menni darüber hinaus wert war.

„Wenn ihr wollt, könnt ihr noch ein bisschen kicken“, schlug Helene vor, „bis zum Essen ist noch ein wenig Zeit.“ „Nö“, sagte Mirko, „lieber nicht, ich bin total erledigt." Ohne darauf zu achten, was Helene und Tom sagten, nahm er seine Sachen und ging. Er versuchte, die Sporttasche zu verstecken, aber niemand schien Notiz von ihr zu nehmen. „Was ist denn mit Mirko los", hörte er Helene fragen, „hast du irgendwas mitgekriegt?" Tom zuckte mit den Schultern. „Weiß ich auch nicht, aber wenn ihn der Ingo fertigmachen will, kriegt er's mit mir zu tun." Helene nickte anerkennend. „In zehn Minuten gibt's was zu essen", sagte sie und schnippelte an ihren Bohnen weiter, Toms Leibgericht.

Oben saß Mirko und versuchte noch mal alles zu überdenken. Er sah kaum eine Chance für sich. Vielleicht kann ich die Geige einfach irgendwohin stellen, so dass sie gefunden wird und dann einfach wieder da ist und niemand weiß, wer sie geklaut hat, überlegte er. Er nahm sich vor, am nächsten Tag noch einen Anlauf zu unternehmen. Die Vorstellung, dass es klappen könnte, beruhigte ihn etwas. Jetzt mit Tom drüber reden können, das wäre prima, wünschte sich Mirko, doch irgendwie ahnte er, dass das keine gute Idee wäre, wahrscheinlich würde Tom ihn überhaupt nicht verstehen, und was dann?

Es brodelt

Am nächsten Morgen machte sich Mirko wieder ziemlich früh auf den Weg zur Schule. Irgendwie ging es ihm besser, seit er den Entschluss gefasst hatte, die Geige nicht in die Aula zurückzubringen, warum, fragte er sich, war mir nicht schon gestern eingefallen, sie einfach in der Schule abzustellen. Wer sie findet, weiß sowieso, dass es Frau Mennis Geige ist.

Aber Mirko hatte sich gewaltig geirrt, so einfach war es nicht. Schon auf dem Weg lauerten ihm Ingo und seine Truppe auf. Sie taten ihm zwar nichts, absolut gar nichts, aber genau das war das Beängstigende. Sie liefen einfach schweigend neben ihm her, schauten ihn an, ließen ihn aber sonst in Ruhe, keiner sagte ein Wort. Mirko hätte sich am liebsten in Luft aufgelöst. Vor der Schule schauten sie sich verschwörerisch an und hauten ab. „Bis später", raunzte ihm Ingo noch vorher zu. Mit weichen Knien schaffte es Mirko gerade noch, in seine Klasse zu kommen.

„Die sind die ganze Zeit neben mir hergelaufen, wie eine Eskorte für einen Staatsgast", erzählte Mirko Tom dann in der Fünf-Minuten-Pause, was passiert war, der nichts davon mitgekriegt hatte, weil er ausgerechnet heute eine Stunde später hatte. „Die spinnen wohl", regte Tom sich auf, „das ist ja wohl voll der miese Trick." Sofort rief er Felix, Jan, Ulf, Kalle und Lene, die noch am Eingang standen. „Die wollen Mirko fertig machen, wollen ihm die Sache mit der Geige in die Schuhe schieben", rief er ihnen entgegen. „Wetten?"

„Was ist denn los?", fragte Kalle, „reg dich doch erst mal ab." Tom erzählte kurz von Mirkos Erlebnis auf dem

Schulweg. „Guck mal“, sagte Lene plötzlich und deutete nach vorne, „ich glaub, du hast Recht, da drüben stehen sie und beobachten uns. Seht ihr, wie der Ingo grinst?“ „Kommt“, sagte Kalle, „das lassen wir uns nicht gefallen, die sollen Mirko gefälligst in Ruhe lassen.“

„Und uns auch“, Felix ballte die Faust. Kalle, Tom und Felix wollten gerade zu denen rüber laufen, als Ulf sie zurückhielt. „Nee, bleibt hier“, sagte er, „die wollen uns doch nur provozieren, aber den Gefallen tun wir denen nicht, ok? Wenn die merken, dass es uns was ausmacht, wenn sie uns verfolgen und beobachten, ganz besonders dir“, wendete er sich an Mirko, „dann legen die erst richtig los.“ „Du bist gut“, sagte Mirko, nur mit Mühe konnte er seine Tränen unterdrücken, „du hast ja keine Ahnung.“ Schließlich wusste ja wirklich keiner, was tatsächlich los war. Mirko wusste, dass er absolut in der Zwickmühle war. Er hatte die Geige, das war ein Fakt, und bis jetzt hatte er noch keine Gelegenheit gehabt, sie heimlich irgendwohin zu stellen, und so wie es aussieht, wird mir das nie gelingen, dachte er. Er schluckte und sah Ulf an, als könne der ihn irgendwie retten.

„Am besten tun wir jetzt so, als ob alles normal ist“, fuhr Ulf fort, der nicht wusste, was in Mirko vorging, „aber was die nicht wissen, ist, dass wir sie ebenfalls belauern werden. Ich bin nämlich sicher, dass die sich das mit der Geige ausgedacht haben, um uns eins auszuwischen. Und natürlich wollen sie es Mirko in die Schuhe schieben, weil er der Kleinste ist und sich am wenigsten wehren kann. Wir müssen unbedingt rauskriegen, wo sie die Geige versteckt haben." Mirkos Magen zog sich zusammen.

„Is' irgendwas", fragte Lene ihn, „du siehst auf einmal so grün aus?" „Ach, nichts ist, gar nichts", reagierte Mirko ziemlich heftig und rannte einfach weg, weil er es nicht mehr aushielt. „Lass ihn", sagte Tom, „ich kann ihn ganz gut verstehen, er hat Angst. Ich werde nachher noch einmal mit ihm reden, aber trotzdem, Ulf, deinen Vorschlag find ich genial. Wir werden diese blöden Kerle überführen und dann blasen wir denen das Licht aus."

„Klingt ja wie im Western", witzelte Jan, „wie gehen wir vor?" „Ich denke, dass wir jetzt erst einmal den Spieß rumdrehen. Wir lassen Ingo und seine Leute für heute nicht mehr aus den Augen. Habt ihr eure Handys dabei?", fragte Ulf. „Wieso das denn?", Kalle kapierte nicht, worauf Ulf hinaus wollte. „Na, ist doch klar", erklärte Ulf. „Zwei von uns fangen mit der Überwachung an, aber nach zwei Stunden kommt die Ablösung, schließlich kann das Ganze eine Zeitlang dauern." „Stimmt", Lene zog ihr Handy aus der Tasche, „wer macht mit mir die erste Schicht?", fragte sie. „Ist doch wohl klar", grinste Tom, „oder willst du lieber mit jemand anders schnüffeln?" „Nee", sagte sie, „hab eh gedacht, dass wir das zusammen machen."

Da war es wieder, dieses tolle Gefühl, das Tom manchmal überkam, wenn er Lene so anschaute. Er war total froh, dass sie zusammen waren. „Ich glaube, das wird gut", sagte Tom, „wem sollen wir danach Bescheid sagen?“ Ulf hatte schon einen perfekten Plan. „Die zweite Schicht übernehmen Felix und Alex, dann Jan und Arne, Sabrina und Isabelle müssen wir noch fragen, ob sie auch mitmachen, ich glaub, die sind aber bestimmt dabei. Kalle und ich können dann die letzte Schicht übernehmen, denn wir müssen nach der Schule noch zu Meyer, ist ja klar, dass das nicht anbrennen darf.“ „Und heute Abend treffen wir uns bei Helene im Keller, tauschen aus, was wir rausgekriegt haben und wie’s weiter gehen soll. Ok?“, schlug Tom vor, „sie hat bestimmt nichts dagegen.“ „Ja, ok“, sagte Ulf, „aber wenn ihr wollt, können wir uns auch bei mir treffen, meine Eltern sind in Ordnung, ich äh ... na ja, bis jetzt ist halt noch nie jemand so richtig bei mir zu Hause gewesen, vielleicht ... .“

„Mensch, Ulf, is’ doch klasse, ja klar, wir treffen uns bei dir“, sagte Kalle, der sich vorstellen konnte, dass es riesig für Ulf wäre, wenn er seinen Eltern mal zur Abwechslung ein paar Freunde präsentieren könnte. „Also gut, sehen wir uns um Acht bei mir.“ Ulf schaute in die Runde, alle waren einverstanden.

Ich hab dich gehört

Mit Müh und Not ertrug Mirko noch die letzten beiden Schulstunden. Während der Mathestunde hatte er die ganze Zeit gegrübelt, was er machen sollte. Am besten, ich hau einfach ab, sagte er sich, ich hab eh alle enttäuscht. Ich verschwinde so, wie ich gekommen bin.

Dann gibt's mich einfach nicht mehr und ich muss niemandem die Wahrheit sagen. Meine Sporttasche lass ich auf der Straße stehen, wahrscheinlich werden mich Ingo und seine Leute sowieso beobachten, dann wissen sie ja, was los ist, und können die Helden spielen. Als es endlich klingelte, stand sein Entschluss fest. Traurig nahm er seine Sachen und ging nach draußen. Plötzlich hörte er jemanden seinen Namen rufen. „Hey, Mirko", als er sich umdrehte, sah er Gülli. „Du", sagte sie, „du siehst so traurig aus." „Lass mich", wehrte Mirko ab. „Nee, will ich aber nicht", sagte sie, „ich muss mit dir reden."

Mirko war baff. „Warum?", fragte er. „Sag ich dir gleich, ich weiß ein Versteck, hinten in der alten Hütte beim Fußballplatz, da sind wir vor Ingos Leuten sicher, ich kenne nämlich einen Geheimweg." „Woher weißt du das mit Ingo?", fragte Mirko erstaunt. „Hab ich halt so mitgekriegt, meinst du, ich bin blind?" Mirko war mittlerweile auf alles gefasst, ich hab sowieso nichts mehr zu verlieren, dachte er, und obwohl er sich vor Gülli schämte, ging er mit ihr, irgendwie tat es ihm gut, dass sie da war.

„So, jetzt hier rum", dirigierte sie „und jetzt geht's durch den Garten von der alten Frieda, das weiß nämlich niemand, dass dies hier ihr Grundstück ist." „Und wieso weißt du das", fragte Mirko, „und wie kommst du an den Schlüssel?" „Ach weißt du, die kann mich halt gut leiden, die Frieda. Jeder denkt ja, dass sie ein bisschen verrückt ist, ist sie vielleicht auch irgendwie, aber ich find sie auch lustig. Früher hat sie mir oft vorgelesen, wenn meine Mutter für sie einkaufen ging, wir wohnen nämlich in der Wohnung neben ihr. So“, Gülli schob Mirko durch ein total zugewachsenes Gartentor, „und hier am Ende von der Obstwiese ist es.“ „Is’ ja echt super“, staunte Mirko, der jetzt genau hinter der Hütte vom Fußballplatz stand. Sie zwängten sich durchs Fenster, das nur angelehnt war. Aber als Gülli seine Sporttasche nehmen wollte, schrie er viel zu laut: „Vorsichtig!“ Gülli erschrak. „Ist ja schon gut, ich wollt sie dir doch nur abnehmen“, sagte sie und setzte sich auf die Decke am Boden. Vorsichtig bugsierte Mirko die Tasche durch das Fenster, stellte sie auf einer Bank ab und setzte sich Gülli gegenüber, ihm war das alles ein bisschen unheimlich. Gülli legte ihren Kopf schief und schaute ihn genau an.

„Ich hab’ dich gehört“, legte sie plötzlich los. „Was?“, Mirko blieb die Luft weg.

„Ich bin dir nachgeschlichen, ich weiß auch nicht warum, wollte einfach sehen, was du so in den Pausen treibst, aber so richtig hab ich eigentlich gar nicht nachgedacht.“ Am liebsten wäre Mirko jetzt in einer Spalte verschwunden, er schämte sich in Grund und Boden.

„Plötzlich hab ich dich aus den Augen verloren und da hab ich was aus der Aula gehört“, fuhr sie fort. „Es klang total schön und da konnte ich nicht anders, ich hab die Tür aufgemacht und reingelunzt. Aber das war echt verrückt. Du standst da vorne, hattest die Augen zu und hast auf der Geige gespielt, Du! Damit hab ich überhaupt nicht gerechnet. Zuerst hab ich gedacht, ich würde vielleicht träumen, ich hab dich ganz genau angeschaut, auch in der Stunde hinterher, aber ich bin mir ganz sicher, dass du das warst, das stimmt doch, oder?" Mirko wusste vor Verlegenheit nicht, in welche Ecke er schauen sollte. Er brachte kein Wort heraus, doch Gülli ließ nicht locker. „Du, Mirko, das war so schön, so, na, wie so ein Wunder. Wieso kannst du das, wieso spielst du Geige, das kann man doch nicht einfach so können, und warum weiß niemand was davon. Wenn ich so spielen könnte, dann würde ich andauernd spielen und jedem zeigen, wie toll das ist und dass ich das kann, verstehst du? Wieso hast du niemanden davon erzählt?" Doch Mirko antwortete immer noch nicht.

„Was ist los mit dir, jetzt sag doch mal was. Ich habe mir schon tausend Gedanken über dich gemacht, hast du einen Bruder oder einen Doppelgänger, vielleicht bist du so was wie ein Agent, aber das macht doch alles keinen Sinn." Gülli sah Mirko jetzt direkt an. „Ehrlich", Gülli hatte einen knallroten Kopf, „ich hab mich ein bisschen verliebt, nicht in dich, sondern in den Geigenspieler." Uff, dachte sie, jetzt ist es endlich raus.

Obwohl sich alles in Mirkos Kopf drehte, merkte er, dass jetzt der Zeitpunkt gekommen war, mit der Sprache herauszurücken.

„Ich war's, Gülli, ich hab gespielt, ich! Es gibt keinen Bruder oder so. Ich habe immer schon Geige gespielt, früher, bevor ich hierher kam. Ich hatte es nur irgendwie vergessen, keine Ahnung warum, aber als ich mich einmal während der Pause in der Schule rumgetrieben habe, weil ich nicht nach draußen wollte, da habe ich plötzlich was gehört, jemand spielte so eine Musik, die ich kannte, Ton für Ton. Das war ein ganz komisches Gefühl, es zog mich richtig dort hin, ich konnte nicht anders. Es war oben in der Aula. Als ich die Tür einen Spaltbreit öffnete, sah ich Frau Menni, wie sie spielte. Es war, total schön – überirdisch –, sag ich dir, und von da an konnte ich an nichts anderes mehr denken. Ich wollte unbedingt wieder Geige spielen. Aber ich hab mich nicht getraut, jemandem davon zu erzählen. Ich weiß jetzt, dass das so richtig blöd von mir war. Keine Ahnung, wie ich dieses Gefühl beschreiben soll, aber es ging einfach nicht. Ich konnte mit niemandem reden, weil ich auch irgendwie niemand war oder sein wollte. Ich wollte auf keinen Fall auffallen, weil ich Angst hatte, noch mehr ausgelacht und fertiggemacht zu werden.

Na ja, jedenfalls habe ich mir vorgenommen zu beobachten, wann jemand in der Aula war und wann nicht, und hab entdeckt, dass die Tür zur Aula nicht immer abgeschlossen war. Von da ab habe ich mich, wann immer es ging, hineingeschlichen und geübt. Nach und nach kam alles wieder, die Musik war wieder in meinem Kopf, überall, verstehst du, was ich meine?“

Gülli lauschte gespannt auf jedes Wort. „Wahnsinn“, sagte sie, „das ist ja der absolute Wahnsinn, aber wieso kannst du das, ich dachte du bist aus dem Heim.“ „Bin ich ja auch“, sagte Mirko, „aber früher, da war ich nicht im Heim, da war ich bei meinem Vater, der war Musiker, er hat mir alles gezeigt und hat immer mit mir gespielt. Da hab ich es eben gelernt." „Und wo sind die jetzt, deine Familie, wieso haben sie dich ins Heim gesteckt?" „Ich erzähl es dir später, einverstanden?" Mirko legte den Kopf schief und überlegte, wie weit er Gülli vertrauen konnte. „Hier", sagte er plötzlich, schaute Gülli an und deutete auf seine Tasche. „Was hier?", fragte sie. „Hier ist sie, die Geige. Ich habe sie mitgenommen, ich habe überhaupt nicht nachgedacht, ich wollte einfach nur spielen und jetzt ist alles so schrecklich." Ängstlich schaute er Gülli an.

Gülli war baff: „Spinnst du?", fragte sie ungläubig. „Dabei kann ich gar nicht spielen", fuhr Mirko fort, „ich bin ja nie alleine, verstehst du? Das war eine absolut blöde Idee von mir. Wenn ich jetzt üben würde, dann würde es ja jeder hören, jeder wüsste, dass ich die Geige mitgenommen habe, dass ich der Dieb bin, dabei wollte ich doch nichts Böses, ich wollte sie mir sozusagen nur über das Wochenende ausleihen, die Augen zumachen und spielen, glaub mir, ich wollte kein Dieb sein, die Geige gehört mir nicht, ich weiß, dass sie Frau Menni gehört." Mirko schnaufte aufgeregt. „Gülli, du musst mir glauben! Ich bin kein Dieb." Er schaute Gülli an. Die hatte mit offenem Mund zugehört.

„Du sitzt ganz schön in der Tinte", stellte sie nach einer Weile fest." Mirko nickte. „Ja, eben, was soll ich denn jetzt machen? Tom hat gesagt, sie sei richtig viel wert, das war mir aber total egal, wirklich, und im Moment geht alles drunter und drüber. Aus irgendeinem Grund weiß Ingo, dass ich die Geige habe, vielleicht vermutet er es auch nur, jedenfalls verfolgt er mich auf Schritt und Tritt, ich kann kaum noch atmen. Aber was noch schlimmer ist, Tom denkt, dass Ingo die Geige geklaut hat, aber behauptet, wir, Tom, seine Freunde und ich, hätten die Geige. Weißt du, er glaubt, dass Ingo uns eins auszuwischen will und mir deshalb den Diebstahl in die Schuhe schiebt, damit wir den Ärger kriegen. Es ist absolut verrückt, aber Tom denkt nicht im Traum daran, dass ich diese verdammte Geige genommen habe, und ich hab eine Höllenangst, es zuzugeben."

„Wieso soll er auch, er weiß ja nicht, dass du Geige spielen kannst", sagte Gülli nachdenklich. „Ja, eben, das ist doch völlig vertrackt. Der Ingo ist zwar ein Idiot, aber diesmal hat er Recht mit dem, was er sagt. Ich hab sie. Ich hab die Geige, verstehst du? Wenn Ingo mich erwischt, dann macht er mich fertig und ich kann es sogar verstehen, schließlich glauben auch der Meyer und der Direktor, dass er hinter der Sache steckt. Wenn irgendwas faul ist, dann denkt jeder immer zuerst an Ingo." „Meistens is' er's ja auch", nickte Gülli. „Wenn du mich vorhin nicht gerufen hättest, Gülli, dann wäre ich einfach abgehauen. Ich wollte, ich wäre überhaupt nie hierher gekommen, weil ich's nicht schaffe, die Wahrheit zu sagen, ich habe alle enttäuscht."

„So, jetzt lass mich mal", sagte Gülli, die die ganze Zeit zugehört hatte. „Das mit dem Dieb kannst du dir abschminken, das ist doch Quatsch, du wolltest das Ding ja schließlich nicht zu Geld machen, oder? Ich kapier zwar nicht ganz, warum du niemanden davon erzählen wolltest, dass du ein Musiker bist, aber es ist doch klar, dass du überhaupt nichts Böses machen wolltest. Wir müssen überlegen, wie du da am besten wieder rauskommen kannst." Mit großen Augen sah Mirko Gülli an.

Obwohl sich bisher noch nichts an der Situation geändert hatte, war er riesig froh, dass sie jetzt alles wusste, endlich musste er mal keine Angst haben, sich nicht verstellen, er vertraute ihr voll und ganz. „Du bist mir also nicht böse?", fragte er. „Wieso böse?", Gülli schaute Mirko direkt an, „ich hab dich gehört, hast du das vergessen?" „Wie, was hat das denn damit zu tun?"

„Mann, kapierst du denn überhaupt nichts? So wie du spielst, ist es doch klar, dass du spielen musst. Oh Mann, wenn ich das nur könnte. – Aber egal, wir müssen überlegen, was wir jetzt am besten machen. Erst mal müssen wir Zeit gewinnen und außerdem sollten wir die ganze Geschichte jemanden erzählen, der uns helfen kann, kennst du –"

„Helene", unterbrach Mirko Gülli. „Wie, Helene?" „Ja, das ist Toms Großmutter, sie ist klasse, ich glaube, na ja, ich kann mir vorstellen, wenn du mitkommst und mir hilfst, dass sie es versteht." „Also gut", sagte Gülli, „Helene, reden wir mit ihr, aber ich muss erst noch einmal nach Hause, meine Eltern wissen nicht, wo ich bin. Ich komm dann heute Abend bei dir vorbei, ok?" „Gut, einverstanden, ich erklär dir den Weg." „Weiß ich", sagte Gülli. Langsam wurde sie Mirko unheimlich, erstaunt blickte er sie an. „Aber du hältst wirklich zu mir, oder?“ „Denkst du etwa, ich schnüffle für Ingo?“, unterbrach sie Mirko. „Der kann Türkinnen nicht leiden, das kannst du mir glauben. Bevor du zu uns in die Klasse gekommen bist, hat er keine Gelegenheit ausgelassen, mich zu piesacken. Die Tasche mit der Geige lassen wir am besten da“, entschied Gülli und hob eine Klappe hoch. „Hier ist sie sicherer, als wenn du sie in der Tasche spazieren trägst.“

Mirko staunte schon wieder und war gleichzeitig erleichtert, zumal er keine Lust hatte, am Ende dann doch noch erwischt zu werden, bevor er alles aufklären konnte. Als die Tasche in der Kiste lag, ging es ihm bedeutend besser. Mirko schaute Gülli an. „Wir schaffen das schon“, sagte sie und gab ihm ein Zeichen zu gehen. Sie schlüpften durch das Fenster. „Also, ich bin dann um Acht bei dir.“ Schnell verschwand Gülli um die Ecke. „Danke“, rief ihr Mirko hinterher, aber er wusste nicht, ob sie ihn noch gehört hatte.

Ihr Rotzlöffel

Ulf war noch nie im Leben so nervös. Um halb fünf hatte er sich mit Kalle verabredet, dem es nicht anders als ihm ging. Vor Aufregung hatte er einen knallroten Kopf. Ulf war Meyer nach der Schule hinterhergeschlichen und wusste jetzt seine Adresse. Ohne sich abgesprochen zu haben, machten die beiden sich, so langsam es ging, auf den Weg zu Meyers Wohnung in den Friesenweg 53. „Du, Ulf“, druckste Kalle, „ich hab ein total mulmiges Gefühl im Bauch. Der Meyer wird uns den Kopf abreißen. Ich hab richtig Schiss. Wir hätten vielleicht doch zuerst einmal unsere Eltern vorschicken sollen oder vielleicht hätten wir zusammen mit ihnen zu Meyer gehen können.“

Ulf blieb vor einem Parkscheinautomaten stehen und lehnte sich an. „Mir geht’s wie dir, Kalle, ich hab auch ein absolut mulmiges Gefühl, aber ich glaub, dass wir das jetzt irgendwie für uns durchziehen müssen. Bei der Sache mit der Englischarbeit, da hab ich was kapiert. Erst hatte ich auch total Schiss, aber als der Meyer dann beim Zurückgeben der Arbeit so fies war und sogar den Alex noch beleidigt hat, obwohl der zum ersten Mal im Leben eine gute Arbeit geschrieben hat, da hab ich mir gedacht, dass es richtig ist, wenn wir uns nicht so einfach von ihm fertigmachen lassen. Diesmal hatten wir ihn nämlich in der Hand, weil es den meisten von uns gar nicht um die Note gegangen ist. Das hat er irgendwie gemerkt, aber er konnte nichts machen und das hat ihn so richtig gewurmt.“

„Ja, schon, ich glaube aber, dass der Meyer sich nie ändern wird. Der wird uns nicht verstehen, weil er uns nicht verstehen will. Ich frag mich echt, warum wir das machen, das bringt doch gar nichts.“

Kalle wurde immer nervöser. „Ok, der Meyer wird sich nie ändern, aber wir haben uns geändert. Wir haben ihm gezeigt, dass wir nicht alles mit uns machen lassen, und das muss der endlich mal kapieren. Und im Übrigen können wir ihm das Leben so richtig versauern." Ulf schaute einem roten Porsche hinterher. „Die letzte Arbeit musste er jedenfalls wiederholen und das hat ihn tierisch genervt." Kalle nickte. Ulf und er redeten sich die ganze Zeit auf dem Weg gegenseitig Mut zu. Währenddessen kamen sie Meyers Haus immer näher und plötzlich standen sie direkt davor. Es war ein kleines, mittelaltes Haus, hellgrün gestrichen, mit drei stinkenden Mülltonnen direkt an der Treppe zum Eingang. „Igitt", Ulf rümpfte die Nase. Mutig klingelte Kalle. Völlig unerwartet riss Meyer, schon während es noch läutete, die Tür auf.

„Ihr? Was wollt ihr Knaben hier? Habt ihr nichts Besseres zu tun? Woher habt ihr überhaupt meine Adresse? Ist man denn nirgendswo sicher vor euch?", so bombardierte er die beiden. Ulf und Kalle schauten ihn völlig verdattert an. Er musste sie schon kommen gesehen haben, sonst hätte er die Tür nicht so überraschend aufreißen können. „Na, wird's bald? Was wollt ihr, raus mit der Sprache? Ich habe meine Zeit nicht gestohlen."

Kalle schluckte, doch Ulf fasste sich ein Herz. „Herr Meyer, wir sind hier, weil wir Ihnen einen Brief von der Klasse übergeben wollen" – barsch wurde er von Meyer unterbrochen: „Einen Brief? Was sind denn das für Flausen? Was erlaubt ihr euch eigentlich, kreuzt hier einfach so auf, um mir ein Briefchen zu bringen, ja geht's noch?"

Er riss Ulf den Brief aus der Hand, riss den Umschlag auf, sah die vielen Unterschriften der Schüler und Schülerinnen und las den ersten Satz laut vor: „Wir finden es unfair." Weiter kam er nicht. „Ja, also, das gibt's doch nicht, das ist ja allerhand. Was hat euch denn da geritten? Wir finden es unfair – WIR FINDEN ES UNFAIR! Ja – seid ihr denn des Wahnsinns?" Hysterisch schrie Meyer los. „Das ist ja nicht zu glauben, was erlaubt ihr euch eigentlich, ihr Rotzlöffel. Faules Pack, das muss ich mir nicht bieten lassen, ich nicht! Ihr solltet lieber mal lernen, anstatt hier herumzustreunen." Meyer lief knallrot an, die Spucke flog ihm aus dem Gesicht.

Unwillkürlich gingen Ulf und Kalle einen Schritt zurück, was in diesem Moment ihre Rettung war, denn plötzlich schlug Meyer mit einem Riesenknall die Tür vor ihrer Nase zu. Stille. Ulf und Kalle rührten sich nicht von der Stelle und guckten sich nur an. Dann hörten sie es krachen und ohne lange zu überlegen, nahmen sie die Beine unter den Arm und rannten weg. Nach einer Weile blieben sie stehen.

„Siehst du", sagte Kalle atemlos, er hatte Seitenstechen vom Rennen, „ich hab's dir doch gesagt." Doch Ulf fing einfach an zu lachen. Er lachte und lachte. Erst schaute Kalle verdutzt, doch irgendwann musste er einfach mitlachen. „Jedenfalls hat er den Brief jetzt", japste Ulf. „Und wir sind ihn los", ergänzte Kalle, „Meyer bleibt Meyer! Komm, egal, wir gehen noch 'ne Runde kicken", schlug Ulf vor und fühlte sich einfach nur befreit.

Halt, hier geht's lang

Mirko schaute auf die Uhr. Halb sechs, noch zweieinhalb Stunden, bis Gülli kommt, dachte er und war froh. So schnell er konnte, rannte er nach Hause. Doch kurz vor seiner Tür warteten Isy und Olaf auf ihn und fingen ihn ab.

„Mirko“, rief Olaf und zerrte ihn, als er sich umdrehte, hinter eine Plakatwand. „So, jetzt kommst du mit uns, hast wohl gedacht, du könntest uns austricksen.“ Olaf lachte und schlug Mirko in die Seite, dann ergriff er seine Handgelenke und hielt sie Isy entgegen. Die machte mit einem Seil einen professionellen Knoten darum und schob Mirko mit Olaf zusammen vor sich her.

„Was wollt ihr von mir, lasst mich in Ruhe!“ Mirko war die ganze Sache ziemlich unheimlich, er hatte Angst.

„Das wirst du schon noch sehen“, sagte Isy und schubste ihn so, dass er fast hinfiel. Ein paar Ecken weiter bogen sie zum Fußballplatz ab. Plötzlich ahnte Mirko, was passieren würde. Sie schleiften ihn über den Bolzplatz zur Hütte, in der er noch vor wenigen Minuten mit Gülli saß. Mirko kriegte das nicht zusammen. Wieso wussten sie Bescheid? Vielleicht hatten sie ihn und Gülli beobachtet oder gehörte Gülli etwa doch zu den anderen? Mit einem Fußtritt stieß Olaf die Tür zur Hütte auf. Wenigstens kennen sie nicht den Weg durch den Garten der alten Frieda, dachte Mirko. Er hoffte, dass Gülli wirklich zu ihm hielt und Isy und Olaf nichts mitgekriegt hatten und deshalb auch nicht wussten, dass er noch vor wenigen Minuten mit Gülli in der Hütte war. Olaf schubste ihn auf den Boden. Nur mit Mühe unterdrückte Mirko seine Tränen, so ein Mist, was würde Gülli denken, wenn er nicht zu Hause war.

„Was wollt ihr denn von mir, lasst mich gehen, ich hab doch nichts getan."

„Von wegen, Dieb!", rief Isy und spuckte vor ihm aus. Breitbeinig stellte sie sich vor ihn hin. „So, hier kannst du schmoren, bis du mit der Sprache rausrückst", hörte er plötzlich Ingos Stimme, erst jetzt entdeckte er, dass der hinten in der Ecke stand. Was weiß er, schoss es Mirko in den Kopf, vielleicht stand er schon vorhin da hinten und hat alles mit angehört.

„Rück sie raus, die Geige, wetten dass du sie hast", sagte Ingo schroff und trat Mirko in die Seite. Doch plötzlich dämmerte es Mirko: Wenn Ingo Bescheid wüsste, würde er nicht fragen. Er muss erst gekommen sein, nachdem er und Gülli schon weg waren. Also war Gülli doch keine Verräterin. Mirko schämte sich für seinen Gedanken. „Hey, du Idiot, antworte gefälligst", machte sich Olaf wichtig. „Ich weiß nichts." Mirko nahm sich vor, weiter den Unwissenden zu spielen. Gülli hatte gesagt, dass man Zeit gewinnen musste, daran klammerte er sich jetzt. „Was guckst du so blöd, he, willst du vielleicht eins drauf haben?", fragte Ingo. Mirko duckte sich, sodass Ingo ihn nicht treffen konnte. Ingo war sauer. „Also, pass auf, entweder du sagst uns jetzt gleich, was los ist, oder wir halten dich hier so lange fest, bist du uns erzählst, wer die Geige geklaut hat. Oder meinst du, ich lass mir jeden Scheiß in die Schuhe schieben?"

Mirko schwieg, auch als Ingo ihm eine Ohrfeige verpasste, sagte er nichts. „Also gut", meinte Olaf, „wir haben Zeit. Wir kommen später noch mal vorbei, vielleicht hast du es dir ja dann überlegt." Schnell fesselten sie ihn an einen Balken und hauten ab. An der Tür drehte sich Olaf noch einmal um. „Geschieht dir Recht, du Schleimer", sagte er und grinste. Mirko war stinksauer. Er schaffte es nicht, den Knoten aufzukriegen. Jetzt konnte er nur noch warten und nichts tun. Vielleicht erzählte Gülli Helene ja, was los war, aber sie kannte sie noch nicht einmal. Er war völlig ratlos.

Ich bin Gülli

„Hallo, ich bin Gülli, aus Mirkos Klasse, wir sind verabredet. Ist Mirko da?" Etwas unsicher stand Gülli an der Wohnungstür zu dem Haus, in dem Mirko wohnte, und übte noch einmal schnell, was sie sagen würde, falls nicht Mirko ihr die Tür aufmachte. Irgendwie war sie nervös, trotzdem: Sie holte tief Luft und klingelte. Endlich öffnete jemand die Haustüre, wahrscheinlich Helene, dachte Gülli, als sie in das fragende Gesicht mit den vielen Falten blickte. „Ich bin Gülli, äh, also, ... die Gülli aus Mirkos Klasse, also, äh, wir sind verabredet." Sie redete total durcheinander, doch noch bevor sie ihren Spruch fertig sagen konnte, zog Helene sie zu sich hinein.

„Weißt du etwas von Mirko?", fragte sie aufgeregt. „Wieso", fragte Gülli, „ist er denn nicht hier?" „Nein, er ist noch überhaupt nicht nach Hause gekommen, wir machen uns Sorgen." Gülli war platt. „Scheiße." „Wie bitte?", fragte Helene, die nicht ganz verstanden hatte. „Ach, äh, nein, ich weiß nicht, wo er ist, wir wollten eigentlich noch zusammen was lernen." „Lernen?", Helene war sichtlich irritiert. „Heute Abend noch?" „Na ja, ich konnte nicht früher, musste auf meine Geschwister aufpassen."

Prüfend schaute Helene Gülli ins Gesicht. Mittlerweile standen auch Toms Eltern im Flur und schauten fragend auf sie. Hier läuft etwas schief, dachte sie, und zwar ganz gewaltig. „Also, am besten ruft mich Mirko dann später noch mal an, ich geh dann mal wieder", sagte sie. Es fiel ihr schwer, ihre Aufregung zu unterdrücken.

„Gülli", Toms Mutter hielt sie kurz zurück, „wenn du etwas von Mirko hörst, sagst du uns dann Bescheid? Vielleicht meldet er sich ja bei dir."

„Ja, mach ich", sagte Gülli und verabschiedete sich. Rasch schlüpfte sie aus der Tür. Vielleicht ist er ja doch abgehauen, überlegte sie, doch sie konnte es sich absolut nicht vorstellen. Wieso sollte er das tun? Wahrscheinlich steckt Ingo dahinter, dachte sie, doch im selben Augenblick fiel ihr ein, dass Mirko genau das gesagt hatte. Jeder beschuldigte immer zuerst Ingo. Aber was konnte wirklich passiert sein?

Als Tom endlich nach Hause kam, stürzte sich die ganze Familie auf ihn. „Hast du Mirko mitgebracht“, fragte seine Mutter, doch Tom schüttelte den Kopf, „weißt du denn wenigstens, wo er steckt?“ Schon wieder schüttelte Tom mit dem Kopf. „Nein, wieso, ist er denn nicht hier?“ „Nein, ist er nicht“, schaltete sich jetzt Helene ungeduldig dazwischen, „sonst würden wir ja nicht fragen.“ „Also mir reicht’s, ich ruf jetzt die Polizei an.“ Toms Mutter nahm den Hörer in die Hand und wählte.

„Sie suchen doch erst, wenn er mindestens vierundzwanzig Stunden verschwunden ist“, wurde sie von Toms Vater unterbrochen, „das hat doch jetzt überhaupt keinen Sinn.“ Resigniert legte sie den Hörer wieder hin. „Da hast du wohl recht“, sagte sie traurig und lehnte sich an den Türrahmen. „Was sollen wir denn jetzt machen?“, fragte sie in die Runde.

„Da bleibt uns nur abzuwarten, wer will auch einen Tee?“, fragte Helene und wenig später saßen alle auf den Sofas und hofften, dass Mirko gleich hereinkommen würde. Schlafen konnte niemand von der Familie und so beratschlagten sie miteinander, was man tun könnte. Tom erzählte von dem Schulweg und von der Überwachung Mirkos, die Ingo organisiert hatte. „Wir sind Ingo fast den ganzen Tag auf den Fersen gewesen“, berichtete er. Der Ulf hatte die Idee, dass wir Ingo und seine Leute einfach auch beschatten, er hat uns so eingeteilt, dass wir ihn nicht mehr aus den Augen lassen. Der wird sich gewundert haben." „Nun mach mal langsam, was heißt da beschatten?", sagte sein Vater, „das ist kein Spiel, was ist an der Sache dran, seid ihr denn sicher, dass Ingo die Geige geklaut hat? Und außerdem, wenn Ingo was mit Mirko angestellt hat, dann hättet ihr es doch merken müssen."

„Nö, was die anderen aus seiner Clique gemacht haben, haben wir natürlich nicht immer mitgekriegt, wir haben uns besonders auf Ingo konzentriert", antwortete Tom etwas kleinlaut, „aber ich könnt's mir denken, dass Ingo die Geige geklaut hat, dem trau ich das echt zu."

„Na, das werden wir wirklich besser der Polizei überlassen, darum sollen die sich kümmern, morgen rufen wir bei ihnen an, mich interessiert im Moment vor allem, was mit Mirko ist", sagte Helene. Tom schnaubte eingeschnappt. „Ach Helene", Toms Vater machte eine abwehrende Handbewegung, „ich glaube, wir sollten den Kindern die Chance geben, die Sache in Ordnung zu bringen, außerdem habe ich Angst, dass sie uns Mirko wieder wegnehmen könnten oder kannst du dir vorstellen, dass das Jugendamt das mitmacht." „Ach du dickes Ei", seufzte sie, „daran hab ich noch überhaupt nicht gedacht. Dann müssen wir die Sache eben selbst in die Hand nehmen." Sie sieht ein bisschen aus wie Sherlock Holmes, dachte Tom. „Du bist die Beste", sagte er zu ihr und war fest davon überzeugt, dass alles gut werden würde, einfach weil sie da war und weil die Familie zusammenhielt.

Die Zeit kroch dahin und alle wurden immer stiller. Jeder hoffte, dass Mirko nichts passiert war. „Ohne Mirko, das geht einfach nicht“, sagte Tom, wickelte sich in eine Decke, schmiegte seinen Kopf an Helenes Schulter und nickte ein.

Auch Gülli lag die halbe Nacht wach in ihrem Bett und überlegte.

Wie aus einer anderen Welt

Am nächsten Morgen rannte sie ungeduldig in die Schule. Schon von weitem sah sie eine Traube von Menschen auf dem Schulhof stehen. Tom und Ingo stritten heftig miteinander und die anderen standen alle drum herum.

„Was hast du mit Mirko gemacht?“, hörte sie Tom schreien, „wir haben die Geige nicht, kapier's doch endlich mal, niemand von uns kann mit diesem Ding etwas anfangen.“ „Glaub ich dir aber nicht, es geht doch gar nicht um das Ding“, brüllte Ingo zurück, „es geht allein da drum, dass ihr mir wieder etwas anhängen wollt, ihr wollt mir die ganze Sache in die Schuhe schieben, damit ich endlich von der Schule fliege, das ist es doch, gib's doch einfach zu.“

„Spinnst du?“, schrie Tom, „ich kann dich zwar nicht leiden, aber dass du von der Schule fliegen sollst, damit hab ich überhaupt nichts am Hut, das ist mir absolut egal!“

„ ... Wo ist Mirko?“ Tom packte Ingo am Kragen, „rück endlich raus mit der Sprache“, aber da fuhr der Hausmeister plötzlich dazwischen. „Schluss jetzt“, brüllte er die beiden an, „sonst könnt ihr mit mir die Schule putzen, wenn es sein muss die ganze nächste Woche.“ Das zog, denn der Hausmeister mit seinen Putzaufträgen war sehr gefürchtet. „Auf jetzt, verschwindet gefälligst und geht in eure Klassen!“ Herr Seidel war der gefürchtetste Hausmeister weit und breit. Sofort löste sich die Ansammlung auf. Ich muss es erzählen, dachte Gülli, die geschockt war, als sie mitgekriegt hatte, dass Mirko auch in der Nacht nicht nach Hause gekommen war. Aber sie schaffte es nicht, Tom einzuweihen. Sie beschloss, die Schule zu schwänzen, nahm ihr Rad und raste so schnell sie konnte zu Mirko nach Hause.

Sie klingelte an der Tür. Helene öffnete. „Du?“, fragte sie erstaunt, „komm rein!“ Sie führte sie in die Küche und schloss die Tür, damit sich Toms Eltern nicht gleich wieder aufregten. Gülli legte einfach los. „Ich weiß nicht, wo Mirko ist, aber ich weiß, dass er die Geige hat, er hat sie genommen. Wir haben sie zusammen versteckt, ich kann Ihnen das Versteck zeigen.“ „Oh weia“, obwohl Helene überhaupt nichts verstand, eilte sie sofort zur Garderobe, um sich anzuziehen, doch Gülli hielt sie zurück. „Ich muss noch etwas erzählen, bitte, es ist wichtig.“ Helene lehnte sich an den Küchentisch und hörte Gülli, die erzählte, wie sie Mirko heimlich gefolgt war, gespannt zu. „Ich habe gehört, wie er in der Aula gespielt hat“, schloss sie ihren Bericht, „es klang wie aus einer anderen Welt, wirklich! Mirko ist ein richtiger Musiker, er musste die Geige haben, verstehen Sie, er wollte unbedingt spielen, einfach nur das, er ist kein Dieb."

Helene hatte schweigend zugehört und Gülli war froh, dass sie keine Fragen stellte, sie glaubt mir, dachte sie erleichtert. „Das ist ein starkes Stück, was du da gerade erzählst, aber darüber können wir später noch reden, ich glaube es ist am besten, wenn wir die Geige sofort holen, vielleicht löst sich dann auch das Rätsel, wo Mirko ist", sagte Helene, die spürte, dass etwas Ungeheuerliches passiert war, etwas, was sie im Moment überhaupt nicht einschätzen konnte.

„Jedenfalls geht da einiges durcheinander", stellte sie fest. „Hast du denn wirklich keine Ahnung, wo Mirko sein könnte?" „Ich weiß es nicht", Gülli war zum Weinen zu Mute. „Gestern hat er mir erzählt, wie alles gekommen ist, er hat gesagt, dass er sich überlegt hat abzuhauen, weil er sich so schämt vor euch, also, ich meine vor Ihnen, vor Tom und seinen Eltern, da haben wir uns überlegt, dass es besser wäre, mit der Wahrheit rauszurücken, bevor noch mehr Chaos passiert und deshalb wollten wir ja auch am Abend mit Ihnen reden, Mirko meinte, das sei die beste Idee und ich verstehe nicht, warum er nicht da war, es muss etwas passiert sein. Ich kann mir einfach nicht vorstellen, dass er doch abgehauen ist." „Also los, Mädchen, jetzt zeigst du mir erst einmal die Hütte, in der ihr die Geige versteckt habt, wollen wir nur hoffen, dass nicht noch jemand anderes dieses Plätzchen kennt.“ „Bestimmt nicht“, sagte Gülli überzeugt und drängte nach draußen.

„Ich geh kurz einkaufen“, rief Helene, bevor sie aus der Haustüre huschten.

Gülli und Helene liefen eine Weile schweigend nebeneinander her, plötzlich schrie Gülli „Vorsicht“, Helene blieb vor Schreck fast die Luft weg. „Da“, sagte Gülli trocken und zeigte auf einen dicken Hundehaufen, „da wären Sie fast reingelaufen.“ Helene lachte erleichtert. „Du hast mich also gerettet, danke, nett von dir.“ „Schon gut“, sagte Gülli, „wär halt ganz schön eklig geworden. So, hier geht’s lang“, zeigte sie Helene den Weg über die Straße, „und jetzt durch den Garten von der alten Frieda.“ Helene staunte. „Ist ja ein toller Weg“, sagte sie anerkennend. Als Gülli dann vor der Hütte stand, hatte sie plötzlich ein komisches Gefühl. Sie drehte sich zu Helene um und flüsterte, „irgendwas stimmt hier nicht“. Da hörten sie Stimmen. „Oh weh, vielleicht kennt doch noch jemand mein Versteck.“ Gülli wollte gleich ans Fenster und nachsehen. Helene hielt sie aber am Arm fest und bedeutete ihr, dass sie ruhig sein sollte.

Immer noch drang ein Murmeln aus der Hütte. Zehn Minuten später hörte man, wie die Tür zugeschlagen wurde und jemand wegging. „Los“, Helene schob Gülli. „Soll ich wirklich?“, fragte sie. „Ja“, flüsterte Helene. „Du musst das Fenster ganz vorsichtig aufschieben und dann hineinschauen, wir müssen es wagen.“ „Gut, mach ich“, sagte Gülli. Sie stellte sich vorsichtig an die Seite auf einen Baumstumpf, öffnete das Fenster einen winzigen Spalt breit und schrie plötzlich leise auf. „Was ist?“, fragte Helene. „Da ist Mirko“, flüsterte Gülli noch immer.

„Was, das gibt’s doch nicht!“, rief Helene. Mirko erkannte ihre Stimme sofort. „Helene, hier bin ich, komm, aber die Tür ist abgeschlossen, du musst durchs Fenster“, rief er. „Das machst du“, sagte Helene und ruckzuck krabbelte Gülli in die Hütte. „Du???“, erstaunt schaute Mirko Gülli an. „Mensch, das ist ja toll, woher wusstest du, dass ich hier bin? Die haben mich die ganze Nacht hier festgehalten, weil sie wollten, dass ich ihnen die Geige rausrücke.“ Bevor Gülli antwortete, öffnete sie die Tür von innen und holte Helene rein. „Und, hast du sie ihnen gegeben?“, fragte Helene. „Nein“, sagte Mirko, „hab ich nicht.“

„Das gibt’s ja nicht“, Helene ließ sich auf den einzigen Stuhl in der Hütte plumpsen und fing fürchterlich an zu lachen. „Die haben dich hier eingeschlossen und wussten nicht, dass die Geige auch hier ist?“ Helene konnte sich kaum halten. „Hey, jetzt macht mich doch erst mal los“, sagte Mirko, dem noch nicht so sehr zum Lachen zu Mute war. Er war völlig fertig. „Das ist ja ein mieser Knoten, total verwurstelt“, stöhnte Gülli, doch mit Helene gemeinsam ließ er sich endlich lösen.

„Warum lachst du denn so?“, fragte er Helene, als sie ihn in den Arm nahm, um ihn kräftig zu drücken. „Weil ich froh bin, dass du wieder da bist, wir haben uns schreckliche Sorgen um dich gemacht, und du, wie geht es dir, haben sie dir wehgetan?“ „Nein, na ja, nicht so schlimm, aber ich bin riesig froh, dass ihr endlich da seid.“ „Jetzt erzähl endlich“, sagte Gülli, „wieso bist du hier, was ist denn passiert, steckt Ingo dahinter?“

„Also“, fing Mirko an, „kurz bevor ich nach Hause kam, haben mich Olaf und Isy abgefangen.“ „Isy?“, fragte Gülli. „Ja, Isy war auch dabei, sie haben mich gefangen und dann sind sie mit mir losgelaufen. Mir ist fast das Herz in die Hose gerutscht, als sie Richtung Hütte gingen. Ich hatte totale Panik, weil ich plötzlich Angst hatte, dass sie mich vielleicht die ganze Zeit beobachtet haben, also auch mitgekriegt haben, dass wir hier in der Hütte waren. Vielleicht haben sie uns die ganze Zeit belauscht und alles beobachtet, dachte ich, verstehst du, ich kam mir wie ein Wurm vor, voll peinlich. In der Hütte wartete schon der Ingo, dann haben sie mich gefesselt und ausgefragt, wo die Geige ist. Ab da ging es mir etwas besser, weil mir klar wurde, dass sie nichts wussten, absolut nichts. Dass sie mich hierher, in deine Hütte, geschleppt haben, war der pure Zufall.“

„Das ist ja ein Ding“, schüttelte Gülli den Kopf. „Also, das hab ich noch nie erlebt, dasselbe Versteck und keiner weiß was von dem andern“, sagte Helene.

„Und dann?“, Gülli schaute Mirko fragend an. „Die haben mich die ganze Nacht hier schmoren lassen. Ich dachte, diese Nacht würde nie zu Ende gehen.“ „Los kommt, wir sollten hier so schnell wie möglich verschwinden. Hast du denn was zu essen gekriegt?“, Helene wurde ungeduldig. „Nee, nicht so richtig, so ein paar Brote, aber sonst gab's nichts." „Na dann gehen wir jetzt erst einmal nach Hause, deine Eltern sterben vor Angst, die werden froh sein, wenn du endlich wieder da bist." Helene stand auf. „Meinst du wirklich?", fragte Mirko, „ich trau mich gar nicht so richtig, wissen sie denn schon, was los ist, also, du weißt schon, das mit der Geige." „Nein", sagte Helene, „aber Gülli hat mir alles erzählt. Es ist zwar eine schlimme Sache, aber ich glaube, das kriegen wir schon wieder hin. Stimmt es wirklich", Helene hielt den Kopf schief und zwinkerte Mirko zu, „dass du ein Musiker bist, dass du Geige spielen kannst?"

Mirko nickte. Er wusste, dass jetzt der Zeitpunkt gekommen war, Farbe zu bekennen. So packte er die Geige aus der Tasche, stimmte sie und legte los. Helene ging es wie Gülli, als sie Mirko das erste Mal hörte, sie kriegte den Mund nicht mehr zu. Sie setzte sich wieder, betrachtete Mirko und hörte ihm gespannt zu. „Das ist nicht normal", sagte sie, als Mirko die Geige abgesetzt hatte, das kann wirklich nicht jeder. Du bist ein besonderer Junge, das habe ich ja immer geahnt." Verlegen stand Mirko in der Mitte der winzigen Hütte. „Meinst du, sie sind mir nicht böse, ich will nämlich nicht weg, ich wollte kein Dieb sein." „Hab keine Angst, Mirko, jeder wird verstehen, dass du das Instrument nicht genommen hast, weil du es stehlen wolltest", ergriff Helene wieder das Wort, „aber kommt, los jetzt, wir müssen uns beeilen."

„Gülli, danke, dass du mich befreit hast", sagte Mirko zu Gülli, die schon wieder einen roten Kopf bekam, „ohne dich säße ich ganz schön in der Patsche." „Ja, Gülli, du bist wirklich mutig", sagte Helene, „das war toll von dir, wie du Mirko geholfen hast. Du kommst doch noch mit zu uns, oder?" „Ja", sagte Gülli, „wenn ich darf, für die Schule ist es heute sowieso schon zu spät."

Tom hat Angst

Tom saß die ganze Zeit im Unterricht und grübelte. Er machte sich Vorwürfe, dass er nicht auf Mirko aufgepasst hatte, dachte daran, dass Mirko herhalten musste, weil Ingo letztlich ihm und seiner Clique eins auswischen wollte.

In der Pause fragte Tom Lene, ob sie mit ihm die losziehen würde, um Mirko zu suchen. „Logo, mach ich, ich kann heute eh nicht denken", sagte sie. „Ich kenn den Ingo schon aus dem Kindergarten, wir haben uns immer gestritten, ich weiß auch nicht warum, auf jeden Fall kann ich ihn einfach überhaupt nicht leiden, außerdem hat er fast immer angefangen. Ich glaube, dass Ingo 'ne ganz miese Sache geplant hat, der wollte Mirko fertigmachen, weil er sich nicht getraut hat, an einen von uns zu gehen." „Ist ja auch klar, dann hätte er sofort die ganze Clique an der Backe gehabt", sagte Tom, „Aber 'ne Geige klauen, so ein wertvolles Ding, wie kann man denn auf so eine Idee kommen?" Tom schaute Lene fragend an. „Keine Ahnung", sie zuckte mit den Schultern, „ich denke auch schon die ganze Zeit darüber nach."

Während Tom und Lene so durch die Stadt zogen, redeten und nach Mirko Ausschau hielten, waren Mirko, Gülli und Helene schon auf dem Weg nach Hause. Obwohl Helene einen Schlüssel hatte, klingelte sie an der Tür, weil sie sich auf die überraschten Gesichter von Toms Eltern freute. Sofort riss Toms Mutter die Tür auf. „Nein, das glaub ich einfach nicht!", rief sie aus und zog Mirko zu sich hinein. „Helene, wie hast du das nur gemacht?", fragte sie und schaute sie an, aber Helene deutete nur auf Gülli.

„Sie war es, sie hat Mirko gerettet." „Wieso gerettet? Jetzt kommt erst mal rein und erzählt, was los war", sagte Toms Vater und kurz darauf saßen wieder alle im Wohnzimmer auf den Sofas. Helene hatte Kakao gemacht und Mirko genoss ein leckeres Frühstück mit allem Drum und Dran, wie sie zu sagen pflegte. Mit vollem Mund, immer wieder unterbrochen von Gülli und Helene, die total aufgeregt von Mirkos Geigenspiel berichteten, erzählte Mirko, wie es ihm ergangen war.

Auf einmal brach es aus Mirko heraus, er weinte hemmungslos „Ich wollte die Geige nur ausleihen", presste er hervor, „damit ich wieder spielen konnte, sonst nichts." „Aber wieso hast du denn nichts gesagt", Toms Mutter versuchte ihn zu trösten, „wir hätten dir doch eine Geige gekauft?" Mirko schüttelte den Kopf. „Es ging nicht, ich kann's nicht erklären, es ging einfach nicht. Ich wäre nie auf die Idee gekommen zu fragen. Ich weiß auch nicht warum, aber irgendwie passte das nicht hierher.“ „Ja, das versteh ich“, sagte Helene. „Manchmal kann man einfach nicht und schon gar nicht so, wie andere denken, stimmt's?“ Sie schaute Mirko an, der genau wusste, was Helene meinte.

„Jetzt müssen wir jedenfalls sehen, wie wir die Sache wieder gerade biegen“, sagte Toms Vater. „Tom meint nämlich, dass Ingo hinter der Sache steckt. Er und seine Freunde haben Ingo gestern den ganzen Tag beschattet, weil sie ihn erwischen wollten. Dass sie geplant hatten, dich zu entführen, hatte natürlich keiner geahnt und das ist wirklich ein starker Tobak.“

„Wir müssen Tom auf jeden Fall so schnell wie möglich Bescheid sagen“, sagte Helene, „am besten holen wir ihn von der Schule ab.“ „Das lohnt sich nicht mehr“, sagte Toms Mutter, „es ist schon halb zwei, wahrscheinlich ist er schon unterwegs.“ „Dann müssen wir also warten“. Nur schwer konnte Helene ihre Ungeduld verbergen. Mirko hatte ein ganz mulmiges Gefühl im Bauch. „Was machen wir jetzt mit der Geige?“, fragte Toms Mutter. „Meint ihr nicht auch, dass wir das so schnell wie möglich in die Hand nehmen sollten?“ „Ja, ich werde Frau Menni anrufen, ihr wird sicher ein Stein vom Herzen fallen“, sagte Toms Vater. Er stand auf, ging zum Telefon und wählte die Nummer – Mirko beobachtete ihn genau und plötzlich kam ihm alles wie in Zeitlupe vor. Er stellte sich Frau Menni am anderen Ende der Leitung vor, sah ihr erstauntes Gesicht förmlich vor sich, dann ihr Entsetzen; in seinen Ohren dröhnte es und auf einmal rutschte er vom Sofa.

„Ach du dickes Ei“, hörte er Helene noch sagen, „jetzt haben wir den Salat.“ Zusammen brachten sie Mirko in sein Bett. Gülli saß noch immer ratlos auf dem Sofa, als auf einmal die Tür aufging und Tom hereinkam. „Was machst du denn hier?“, fragte er verwundert. „Ich, äh“, so ein Mist dachte sie, was soll ich denn jetzt sagen. „Weißt du was von Mirko?“, fragte Tom weiter, doch Gülli schüttelte nur den Kopf. Da bog Helene um die Ecke. „Sie hat Mirko befreit“, sagte sie zu Tom, der verdutzt auf Gülli schaute. „Du???“, fragte er, „warum?“ „Komm mal her, setz dich“, sagte Helene, „wir müssen reden.“ „Ich glaub, ich geh dann mal“, sagte Gülli, der es peinlich war, vor Tom als Mirkos Retterin dazustehen, und stand auf, „in meinem Kopf dreht sich auch alles. Ich rufe später noch mal an.“ „Na klar“, sagte Helene, „sollen wir dich bringen?“ „Nein, nein, das geht schon“, sagte sie.

„Schreib doch noch bitte auf, wo wir dich erreichen können“, sagte Helene, „hier ist ein Block.“ Helene hielt Gülli den Block direkt vor die Nase. Sie nahm ihn. 4738, schrieb sie auf, schüttelte Helene die Hand und ging. Gülli, schrieb Helene unter die Nummer, heftete sie an die Pinnwand und ging mit Tom in die Küche. „Ingo hat Mirko entführt, weil er erfahren wollte, wo Mirko die Geige versteckt hat“, fing sie an. Tom verstand überhaupt nichts mehr. „Hä?“, fragte er. „Wieso? Ingo hat doch die Geige, das versteh ich nicht.“ „Bist du dir denn ganz sicher, dass Ingo sie hat?“ „Ja, wer soll sie denn sonst haben, es kann doch keiner was mit so einem Ding anfangen. Ingo hat sie geklaut und wollte uns die Sache in die Schuhe schieben!", sagte Tom mit Bestimmtheit.

„Nein, Tom, das ist leider nicht richtig", sagte Helene. „Ingo hat die Geige nicht geklaut, es ist alles ganz anders gelaufen, als du denkst, auf jeden Fall ist die Geige wieder da." „Hä?", schon wieder fragte Tom, weil er nicht verstand, was hier vorging. Helene holte tief Luft. „Tom", sagte sie, „Mirko hatte die Geige genommen, er, nicht Ingo." „Aber wieso?", brüllte Tom nach einer Schocksekunde, „das ist doch Quatsch, was sollte er denn damit anfangen, warum, du spinnst, Helene, das glaub ich dir nie!"

„Doch, Tom, es ist wahr", wollte sie anfangen zu erklären, doch Tom ließ sie nicht zu Wort kommen. Wütend sprang er auf, schnappte sich seine Jacke und rannte raus. „Er ist also ein Dieb, ein ganz gemeiner Dieb und hat uns alle nur reingelegt!", rief er, riss die Tür auf und rannte los. So eine Scheiße, dachte er, was sollen die anderen jetzt von mir denken. Keuchend setzte er sich an der Bushaltestelle auf die Bank und entschied, Lene alles zu erzählen. Schnell rief er sie an und bat sie, zu kommen.

„Du, Lene", fiel er gleich mit der Tür ins Haus, als Lene um die Ecke bog, „Mirko hat sie geklaut, kannst du dir das vorstellen, Ingo hat mit der Sache wirklich nichts zu tun, Mirko ist der Dieb, er hat uns alle an der Nase herumgeführt." „Wie, du spinnst doch, warum soll er das gemacht haben?“ Lene war geschockt. „Weiß ich doch auch nicht“, unterdrückte Tom ein Schluchzen. „Er ist ein Dieb, verstehst du? Ich war mir so sicher, dass Ingo die Geige hat, dass er uns reinlegen wollte, Mensch, überleg mal, wir sind einen ganzen Tag lang hinter diesem Ingo hergeschlichen und dann so was.“

„Was eigentlich?“, fragte Lene. „Was ist denn mit Mirko, wo hat er gesteckt?“ „Weiß ich nicht“, sagte Tom, „ich weiß nur, dass er ein Dieb ist.“ „Komm, jetzt bist du aber blöd“, sagte Lene, „wir müssen doch erst mal wissen, was passiert ist, warum Mirko das Ding geklaut haben soll, vielleicht hat Ingo ihn ja unter Druck gesetzt. Ich finde, wir sollten erst einmal klären, was los war, ist doch logisch, oder?“ Das leuchtete Tom ein. „Ich hab mich vorhin so geärgert, dass ich einfach abgehauen bin, Helene wollte mir eigentlich alles erzählen.“

„Aha, das war also wieder mal ein typischer Fall einer Tom-Kurzschluss-Reaktion, komm“, sagte Lene, „gehen wir zu dir nach Hause und reden mit Helene, dann erfahren wir endlich, was los ist.“ Lene stand auf.

„Ich weiß nicht, irgendwie will ich nicht. Ich habe eine bessere Idee, lass uns zu dieser Gülli gehen, die aus Mirkos Klasse, die war nämlich bei uns und Helene hat gesagt, dass sie Mirko befreit hätte“, sagte Tom. „Das klingt ja echt nach Abenteuer“, sagte Lene, „weißt du, wo sie wohnt?“ „Nee, weiß ich nicht, aber ich kenne ihre Telefonnummer. Hast du dein Handy dabei?“, fragte Tom Lene. „Klar“, sie reichte es ihm rüber. 06031-4837, drückte Tom die Tasten. „Ja, hier Schuster“, meldete sich eine Stimme in breitestem Hessisch. „Oh, Entschuldigung, ich muss mich verwählt haben“, sagte Tom schnell. „Des denk ich abber aach“, sagte die Stimme und knallte den Hörer auf die Gabel. „Wieso hat Gülli denn eine falsche Nummer aufgeschrieben, das verstehe ich nicht. Da ist doch schon wieder etwas faul.“ Tom war sauer.

„Wart mal“, sagte Lene, „vielleicht hast du sie dir nur falsch gemerkt, die Gülli ist doch mit der Jenny befreundet, die hat bestimmt ihre Nummer, ich ruf mal an.“ „Hey“, sagte Jenny, „die Nummer von Gülli, die ist einfach, 4738, sie war heute nicht in der Schule, ist was los mit ihr?“ „Weiß ich nicht“, sagte Lene, „ich ruf sie mal an.“ „Ok, sag ihr einen Gruß von mir.“ „Mach ich, tschüss, danke.“ „Hier“, Lene hielt Tom den Zettel hin, „du hast die Zahlen verdreht.“ „Wie auch immer“, sagte Tom, „ich probier’s gleich noch mal.“ Gülli war sofort am Telefon. „Hallo“, hier ist Tom, „hast du Zeit, ich will gerne mit dir reden, ich muss unbedingt wissen, was los war.“ Gülli wunderte sich zwar, dass Tom nicht von Helene erfahren hatte, wie alles gelaufen ist, aber sie verabredete sich gleich mit ihm und Lene in der Eisdiele.

So kann man sich irren

„Der Mirko ist ein richtiger Musiker, der spielt Geige wie ein Verrückter, ganz, ganz toll, wie im Konzert oder so“, legte sie gleich los, „ich glaube, der ist so was wie ein

Wunderkind. Ich habe ihn gehört, er hat sich heimlich in die Aula geschlichen und dort gespielt." „Aber warum hat er uns das nicht erzählt?", fragte Tom, der Gülli erstaunt anschaute. „Er hat sich einfach nicht getraut. So richtig verstehe ich das zwar auch nicht, aber so ist es eben. Irgendwann hatte er dann die fixe Idee, dass er sich das Teil über das Wochenende ausleihen wollte. Ehrlich, er dachte gar nicht ans Klauen." Ungläubig schüttelte Tom seinen Kopf. „Wieso habe ich nichts davon mitgekriegt?", doch im selben Augenblick, wo er das sagte, fiel ihm plötzlich ein, dass Mirko am Wochenende ziemlich komisch gewesen war.

„Mensch", sagte Lene, „da haben wir dem Ingo aber ganz schön Unrecht getan." „Ja, ausnahmsweise steckte der mal nicht hinter der Sache", sagte Tom, „aber den Mist mit der Entführung hätte er sich trotzdem schenken können, war ja wie im Krimi." „Jedenfalls müssen wir mit ihm reden und Ulf, Kalle und den anderen müssen wir auch unbedingt Bescheid sagen, sonst verfolgen sie den Ingo wieder den ganzen Tag", sagte Lene. „Wir rufen jetzt gleich mal bei Ulf an." Sie bestellten ihn und die anderen ins Eiscafé. „Ist ja echt verrückt", pfiff Kalle zwischen den Zähnen, nachdem er die Story gehört hatte. „So kann man sich also irren. Jan und Felix sind gerade beim Beschatten, kommt, wir rufen sie an, vielleicht wissen sie, wo der Ingo gerade ist." „Nee, keine Ahnung, wo der sich verschanzt hat", sagte Felix am Telefon in Detektivmanier, „wir suchen ihn schon seit einer halben Stunde."

„Ich weiß wahrscheinlich, wo der ist", fiel es Gülli plötzlich ein, „sag Jan und Felix, sie sollen herkommen, dann gehen wir zusammen zur Hütte am Fußballplatz." Zehn Minuten später waren die beiden auch im Eiscafé. Die Bedienung schaute genervt, weil immer mehr Leute um den winzigen Tisch saßen, aber Tom zahlte höflich aus der gemeinsamen Kasse und dann flitzten sie los.

„So eine Schweinerei", hörten sie Ingos Stimme aus der Hütte dringen, „diese Arschlöcher haben ihn befreit, wieso habt ihr nicht aufgepasst?" Olaf und Isy standen ziemlich verdattert in der Hütte. Da steckte Tom den Kopf zur Tür rein. „Hey, Ingo", sagte er, als sei das das Normalste auf der Welt. Ingo blieb die Spucke weg. „Was willst'n du hier?", fragte er und staunte, als er auch die anderen sah, die sich jetzt ebenfalls in die Hütte drängten.

Ingo wollte gerade loslegen, als Gülli ihm zuvorkam. „Das hier ist mein Versteck", sagte sie, „schau mal, sie stieß das Fenster auf und zeigte auf das Gartentor. „Dahinter liegt der Garten von der alten Frieda, ich hab den Schlüssel, schon ziemlich lange sogar, die Frieda hatte ihn mir nämlich gegeben. Gestern war ich mit Mirko hier, wir haben die Geige hier", Gülli zeigte auf die Klappe, „versteckt und ein paar Minuten später habt ihr Mirko hierher verschleppt."

„Das ist ja der Hammer", sagte Olaf, und unterdrückte nur mit Mühe ein Lachen, weil Ingo sich total aufgespielt hatte mit seinem Superversteck. Er hatte Olaf und

Isy die ganze Zeit herumgehetzt und den Chef gespielt und dann so ‘ne Pleite. „Jetzt weiß ich auch, warum der so komisch gegrinst hat“, sagte Ingo wütend, der sich absolut bescheuert vorkam. Jetzt war Tom an der Reihe, dem es eigentlich auch nicht besser als Ingo ging. „Also, Ingo“, sagte er, „das mit der Geige – wir hatten wirklich gedacht, dass du sie hast, dass du uns reinlegen wolltest.“

„Und mir ging es genauso mit euch“, unterbrach Ingo, „ich dachte ihr wolltet mich drankriegen und habt mich deshalb bei der Schulleitung angeschwärzt, ich weiß schon, dass mich viele am liebsten loswerden würden, weil ich mir halt nicht alles gefallen lasse und auch mal den Mund aufmache“ – „Und weil du ein verdammter Rassist bist“, warf Gülli dazwischen. „Yo, das stimmt, aber das können wir später noch klären“, fiel Ulf dazwischen, „überlegt mal, wie verrückt das Ganze ist. Mirko und die Geige sind im selben Versteck und wir rennen auch noch den ganzen Tag hinter dir her, Ingo.“

„Dacht ich’s mir doch“, sagte Ingo, „ihr habt mich verfolgt.“ Jetzt konnte sich Olaf nicht mehr halten, er prustete los und irgendwie ging es den anderen genauso wie ihm. Die Situation kam ihnen total absurd vor. „Das war zwar doof von dir, dass du Mirko hier festgehalten hast, aber es tut mir echt leid, dass ich dich verdächtigt habe“, sagte Tom auf einmal. Ingo haute ihm freundschaftlich auf die Schulter. „Schon ok, aber was is’n mit Mirko, warum hat er überhaupt die Geige geklaut?“, fragte er plötzlich. „Der hat uns ganz schön reingeritten.“

„Das ist eine andere Geschichte“, sagte Gülli und erzählte wieder, wie alles kam. „Graf Müllratte is'n Geiger“, kommentierte Olaf Güllis Bericht, „ich glaub's einfach nicht.“ „Armes Schwein“, sagte Kalle, der ebenfalls fassungslos zugehört hatte, „wir müssen zusehen, dass er da wieder rauskommt, schon klar, der wollte nichts Böses, aber es konnte ja niemand von uns ahnen, dass er es war, wir hätten halt mal miteinander reden sollen, aber das wär auch nicht gegangen, Ingo, mit dir kann man einfach nicht reden, jedenfalls bis jetzt.“

„Ok, das ändern wir jetzt“, sagte Lene, „den Bandenscheiß lassen wir jetzt mal sein, abgemacht?“ „Abgemacht!“, irgendwie waren sich alle einig. „So, und jetzt gehen wir zu mir und dann soll uns Mirko mal was vorgeigen“, sagte Tom. Ingo nickte.

Als die ganze Truppe zur Tür reinkam, schreckten sie sofort zurück. Im Wohnzimmer von Toms Eltern standen Frau Menni und Herr Meyer. „Gut“, hörten sie Frau Menni sagen, „ich nehme die Anzeige zurück, aber so etwas darf niemals wieder vorkommen. Und außerdem muss Mirko sein Versprechen halten und sich ab jetzt nicht mehr verstecken.“ Jetzt erst entdeckten sie Mirko etwas verloren zwischen den Erwachsenen, die Geige hielt er in der Hand. Helene war froh, als sie Tom und die anderen sah. „Tom, alles in Ordnung?“, fragte sie. „Ja“, sagte Tom und wunderte sich schon wieder über Helenes Instinkt. „Gülli hat uns erklärt, was los war, tut mir leid, bei mir ist irgendwie eine Sicherung durchgebrannt.“ „Ist schon gut“, sagte Helene und gab Tom einen

Klaps auf die Schulter. „Mirko, jetzt bist du aber dran", sagte Tom, „wir wollen auch mal hören, wie du spielst."

„Wirklich?", fragte Mirko. „Du bist also nicht sauer auf mich?" Unsicher schaute sich Mirko um. „Und der Ingo, was macht der hier?", fragte er. „Das erzählen wir dir später", sagte Lene, „leg einfach los."

„Ach, der Ulf", säuselte Meyer, als er Ulf zwischen den anderen stehen sah. „Tag, Herr Meyer", sagte Ulf tapfer und nickte mit dem Kopf. „War ja 'ne saubere Arbeit, die ihr da abgeliefert habt", und keiner wusste eigentlich so richtig, was Meyer meinte, aber irgendwie war es im Moment auch egal. Denn als Mirko die Geige nahm und anfing zu spielen, waren alle überrascht. Leise setzte sich jeder irgendwohin und ließ sich von Mirkos Musik davontragen.